Die drei Autoren teilen sich die Arbeit an dieser Serie.

Christian Bieniek
wurde 1956 in Duisburg geboren und gehört heute zu den bekanntesten und beliebtesten deutschen Kinder- und Jugendbuchautoren. Seine Bücher wurden in zahlreiche Sprachen übersetzt und standen u.a. auch auf der Auswahlliste zum Deutschen Jugendliteraturpreis.

Marlene Jablonski
wurde 1978 in Danzig geboren und begann nach dem Abitur als freie Schriftstellerin zu arbeiten.

Vanessa Walder
wurde 1978 in Heidelberg geboren und arbeitete nach dem Abitur zunächst als Chef vom Dienst bei einer österreichischen Jugendzeitschrift. Seit Anfang 2001 lebt sie als freie Schriftstellerin in Wien.

Ein Pferd für alle Fälle

Christian Bieniek · Marlene Jablonski · Vanessa Walder

Der Pferde-Deal

Schneider Buch

Bibliografische Information Der Deutschen Bibliothek
Die Deutsche Bibliothek verzeichnet diese Publikation in der Deutschen Nationalbibliografie; detaillierte bibliografische Daten sind im Internet über http://dnb.ddb.de abrufbar.

Titelbild: Jan Reiser
Schrift: 10 · Stone Serif
Druck und Bindung: Ebner & Spiegel, Ulm
ISBN 3-505-11976-8

04 / 8 7 6 5 4 3 2

1. Kapitel

Nein, das war kein Wald, durch den Nele ritt. Das war das Land des großen Vergessens.

Wie immer, wenn sie auf Michelangelo saß, waren alle Gedanken aus Neles Kopf verschwunden, die ihr die Laune verderben konnten. Schule ... Was war das? Nörgelnde Eltern ... Gab es die wirklich? Der Pickel auf ihrer Stirn ... Konnte man den ohne Lupe überhaupt erkennen?

Schade, dass an den Bäumen keine Spiegel hingen. Zu gerne hätte Nele sich dabei beobachtet, wie sie auf Michelangelo den Reitweg entlangtrabte. Ob er dabei genauso lächelte wie sie? Gewundert hätte sie sich nicht darüber. Nele konnte sich kaum vorstellen, dass Michelangelo auf ihren gemeinsamen Ausflügen nicht mindestens ebenso viel Spaß hatte wie sie. Oder war das vielleicht ein Irrtum? Konnte es sein, dass er alles andere als begeistert war, ein vierzig Kilo schweres Mädchen durch die Gegend zu schleppen?

„Bin ich dir zu schwer?“, fragte sie ihn rundheraus.

Michelangelo antwortete nicht, weder mit einem Laut noch mit einer Bewegung. Das hielt Nele für ein gutes Zeichen. Würde ihr Pferd sich nicht wohl fühlen, dann würde es ihr das bestimmt zeigen.

Ihr Pferd …

Eigentlich stimmte das nicht ganz. Nele gehörte nur eine Hälfte von Michelangelo. Die andere gehörte Hannah, die inzwischen ihre beste Freundin geworden war. Am Anfang hatte sie sich nicht besonders gut mit ihr verstanden. Na ja, am Anfang hatte Nele sich nicht mal mit Michelangelo besonders gut verstanden. Aus Pferden hatte sie sich nämlich überhaupt nichts gemacht. Und Reiten war für sie ähnlich spannend wie Radfahren – nur mit dem Unterschied, dass ein Fahrrad viel gehorsamer war und Bremsen hatte.

Das halbe Pferd war eine Idee von ihren Eltern gewesen. Als Einzelkind fiel es Nele nicht unbedingt leicht, etwas mit anderen zu teilen. Ja, eine richtige Egoistin war sie gewesen, die alles für sich haben wollte. Um das zu ändern, hatten ihre Eltern überlegt, mit ihr zu einem Psychiater zu gehen. Zum Glück war ihnen dann der Einfall mit dem Pferd gekommen. Durch die Verantwortung für ein anderes Lebewesen würde Nele sich positiv verändern, hatten ihre Eltern gehofft. Leider hatte das auch noch funktioniert …

Seitdem Neles Eltern auf die Pferdeanzeige in der Zeitung geantwortet hatten, hatte sich Neles Leben tatsächlich verändert. Sie wachte vielleicht nicht jeden Morgen mit einem Lächeln im Gesicht auf, aber auch nicht mehr mit einer Grimasse.

Diese Anzeige hatten Hannahs Eltern damals in die Zeitung gesetzt, weil sie sich alleine kein Pferd für ihre Tochter leisten konnten. So hatte Nele Hannah kennen gelernt. Und ein schrecklich nettes Wesen mit glänzendem, braunem Fell, einer schwarzen Mähne und einem schwarzen Schweif: Michelangelo. Es war zwar nicht gerade Liebe auf den ersten Blick gewesen, aber auf jeden Fall auf den zweiten.

Nele tätschelte Michelangelos Hals. Am liebsten hätte sie noch einen kleinen Galopp eingelegt, doch stattdessen parierte sie Michelangelo vom Trab in den Schritt durch. Ein Galopp hätte sie viel zu schnell zurück zum Reiterhof gebracht. Und außerdem wollte sie Michelangelo schonen. Die Maisonne, die vom strahlend blauen Himmel brannte, machte ihm sicher zu schaffen. Sie stahl sich zwischen den Blättern und Zweigen hindurch und sorgte dafür, dass Pferd und Reiterin um die Wette schwitzten. Schließlich waren sie schon fast zwei Stunden unterwegs.

Wie ausgestorben wirkte der Wald um sie herum. Weit und breit war niemand zu sehen, nicht mal ein Vogel oder ein Kaninchen. Und alles, was Nele hörte, war Michelangelos Atem. Seine Hufe machten auf dem Sandweg fast keine Geräusche.

Nele schloss die Augen. Wieso konnte sie nicht den

Rest ihres Lebens im Sattel verbringen? Sie hasste jetzt schon den Augenblick, in dem ihre Füße wieder den Boden berühren würden. Reiten war einfach das Schönste auf der Welt! Dabei hatte Nele sich früher immer kaputtgelacht, wenn die Mädchen in ihrer Klasse von Pferden geschwärmt hatten. Aber damals hatte sie halt Michelangelo noch nicht gekannt.

Als sie die Augen wieder öffnete, kam der Reiterhof in Sicht. Zwar in weiter Ferne, aber Nele musste dennoch sofort an die Mathearbeit denken, die sie auf keinen Fall verhauen durfte. Und an ihre Eltern, die in letzter Zeit ständig was an ihr auszusetzen hatten. Was war bloß los mit ihnen? Von früh bis spät meckerten sie an ihr herum. Wie ungerecht, dass sie keine Geschwister hatte! Die hätten Neles Eltern ein bisschen von ihr ablenken können.

An den Pickel musste sie natürlich auch denken. Hoffentlich war das nicht der Anfang von Neles Pubertät. Sie sah sich schon kichernd mit einer Bravo unterm Arm und einer Zigarette in der Hand auf dem Parkplatz stehen und mit den anderen Mädchen über Clearasil und Tampons quatschen. Darauf hatte sie absolut keine Lust!

Vorsichtig fuhr sie mit dem rechten Zeigefinger über ihre Stirn. So ein Mist! In den letzten Stunden schien das blöde Ding zur Größe einer Erdbeere angeschwollen zu sein. Kein Zweifel – das Land des Vergessens lag hinter ihr.

„Wieso bin ich kein Pferd?", jammerte sie. „Hast du schon jemals Pickel gehabt, Michelangelo?"

Auch darauf gab es keine Antwort. Aber Nele war fest davon überzeugt, dass Michelangelo sie verstanden hatte. Umgekehrt verstand sie ihn ja auch. Dass er nicht auf ihre Frage reagierte, bedeutete sicher nichts anderes als: Lass mich in Ruhe, ich habe Durst! Und ich will so schnell wie möglich zurück zum Reiterhof!

Nele tat ihm den Gefallen und trabte an. Rasch näherten sie sich dem Stall. Nele hielt Ausschau nach Hannah, die vorhin am Telefon noch nicht gewusst hatte, ob sie heute zum Reiterhof kommen würde.

Doch statt ihrer Freundin entdeckte Nele ausgerechnet Ludwig! Er holte gerade seinen schwarzen Vollblutaraber Lancelot von der Koppel, eines der schönsten Pferde, die Nele je gesehen hatte. Ludwig selbst war auch nicht direkt hässlich. Doch Nele wollte ihm trotzdem nicht über den Weg laufen. Nicht mit diesem knallroten Monster auf der Stirn. Auf Ludwigs dämliche Witze darüber konnte sie verzichten. Der verdammte Pickel saß fast zwischen den Augenbrauen, wurde also nicht mal vom Reithelm verdeckt ...

„Huhu!"

Mist, Ludwig hatte sie entdeckt! Zusammen mit Lancelot war er stehen geblieben und lächelte ihr entgegen. Sollte sie eine Hand auf die Stirn legen und so tun, als hätte sie Kopfschmerzen? Doch plötzlich kam ihr eine bessere Idee. Sie würde sich einfach in eine schlechte Reiterin verwandeln. Ein Besserwisser wie Ludwig würde sich die Gelegenheit, ein paar oberschlaue Sprüche loszuwerden, sicher nicht entgehen lassen.

Im Nu fiel sie in sich zusammen, zog die Knie nach oben und hielt die Zügel auf Brusthöhe in den Fäusten. Je näher sie kam, desto größer wurden Ludwigs Augen. Als sie Michelangelo vor ihm zum Stehen brachte, war das Lächeln völlig aus seinem Gesicht verschwunden.

„Was – was soll das?", stammelte er fassungslos.

„Was meinst du?"

Es war gar nicht so einfach, die unbequeme Position beizubehalten.

„Du hockst wie ein Kartoffelsack auf dem Pferd. Was ist mit deinem Rücken passiert?"

Nele zuckte die Schultern.

„Und mit deinen Knien ist ja wohl auch was nicht in Ordnung", fuhr Ludwig fort. „Warum stecken deine Füße nicht in den Steigbügeln? Willst du dich mit den Knien unter den Armen kratzen?"

Nele grinste. Solange sich Ludwig mit ihren anderen Körperteilen beschäftigte, würde er keinen Blick auf ihre Stirn werfen.

„Und was sollen die Zügel da oben? Willst du dich daran festhalten?"

Nele nickte, worauf Ludwig fassungslos die Augen verdrehte.

„Du solltest noch ein paar Reitstunden bei Herrn

Hülsenbrinck nehmen", riet er ihr. „Anscheinend hast du über Nacht alles verlernt. Weißt du wenigstens noch, wie man aus dem Sattel steigt?"

„Na klar!", rief Nele, ließ die Zügel los und rutschte auf der rechten Seite runter.

„Ach du Schande!", stöhnte Ludwig. „Das ist die falsche Seite! Was ist nur los mit dir?"

Kopfschüttelnd setzte er sich in Gang und verschwand mit Lancelot im Stall. Erleichtert schaute Nele ihm hinterher. Ihre Show hatte tatsächlich dafür gesorgt, dass Ludwig den Pickel nicht beachtet hatte.

Dann führte sie Michelangelo zur Tränke. Sie hatte erwartet, dass er sich gierig aufs Wasser stürzen würde, aber ganz gemächlich beugte das Pferd seinen Kopf und fing an zu trinken. Nele warf einen Blick auf ihre Armbanduhr. Eigentlich hätte sie schon längst zu Hause sein müssen. Aber sie schaffte es nicht, sich von Michelangelo zu trennen. Mit niemandem auf der Welt war sie lieber zusammen als mit ihm. Na ja, abgesehen vielleicht von Hannah. Aber ihr konnte man leider keine Zügel anlegen und auf ihr durch den Wald galoppieren.

Nachdem Michelangelo seinen Durst gelöscht hatte, nahm Nele ihm die Trense ab und band ihn im Schatten fest, um ihn abzusatteln. Auf dem Weg in die Sattelkammer kam ihr Ludwig mit Lancelot entgegen.

„Wahnsinn!", rief er spöttisch aus, während er den Sattel über Neles Arm betrachtete. „Wie hast du es geschafft, das Teil von Michelangelos Rücken zu kriegen? Mit einer Schere und einem Messer?“

„Genau!“, erwiderte Nele und marschierte an ihm vorbei.

Als sie aus der Sattelkammer kam, hatten Ludwig und Lancelot den Stall verlassen. Sie holte ihren Putzkasten aus dem Regal vor der Kammer, griff sich eine Hand voll Stroh und kehrte zu Michelangelo zurück.

Sie wollte gerade anfangen, das Pferd mit Stroh abzureiben, als Herr Hülsenbrinck auf der Bildfläche erschien. Der Reitlehrer blieb stehen, fuhr sich durch die roten Haare und runzelte die Stirn.

„Was soll das, Nele?“

„Ich reibe Michelangelo trocken“, antwortete sie. „Er hat ziemlich geschwitzt.“

„Und was ist mit dem Abschwitzen?“, fragte Herr Hülsenbrinck. „Es ist sehr wichtig, ihn nach dem Reiten eine Viertelstunde lang trocken zu führen oder zu reiten. Nicht nur wegen dem Schweiß, sondern auch, damit er wieder zur Ruhe kommt.“

„Ich bin total spät dran“, entschuldigte sich Nele. „Ich hätte schon längst zu Hause sein sollen. Darum habe ich aufs Abschwitzen verzichtet.“

„Und auf deine Reitkünste anscheinend auch“, sagte Herr Hülsenbrinck. „Von Ludwig habe ich eben erfahren, dass du völlig falsch im Sattel gesessen hast.“

Diese blöde Schwatzbacke! Wieso hatte Ludwig nicht seine Klappe gehalten?

„Das war nur Spaß“, erklärte Nele. „Ich wollte nicht, dass er – dass er – “

„Dass er was?“

Nele holte tief Luft und tippte dann mit dem Zeigefinger auf ihre Stirn.

„Soll das heißen, dass ich einen Vogel habe?“, brummte Herr Hülsenbrinck unwirsch.

„Nein, ich wollte Ihnen nur meinen Pickel zeigen. Den durfte Ludwig nicht sehen, sonst hätte er bestimmt dämliche Witze darüber gemacht.“

„Kann sein“, gab der Reitlehrer zu. „Ist das dein erster Pickel?“

„Ja.“

„Aber bestimmt nicht dein letzter.“

„Vielen Dank!“, knurrte Nele und wandte sich wieder Michelangelo zu, um ihn weiter abzureiben. Eine Abreibung hätte sie auch Ludwig gerne verpasst. So eine Petze!

„Michelangelo ist wirklich ein schönes Pferd“, sagte Herr Hülsenbrinck, der Nele wohl wieder etwas aufheitern wollte.

„Jedenfalls ist er schöner als ich“, sagte Nele.

Lachend stapfte der Reitlehrer davon.

Nele setzte ihre Arbeit fort. Nach dem Trockenreiben waren die Hufe dran. Nacheinander wurden sie sorgfältig ausgekratzt. Anschließend kümmerte sie sich wieder um das Fell, indem sie Michelangelo kräftig bürstete. Zwischendurch warf sie immer wieder einen

Blick auf die Uhr. Jetzt war es auch schon egal, ob sie eine oder drei Stunden zu spät heimkommen würde. Dadurch würde sich nichts an den Vorwürfen ändern, mit denen ihre Mutter sie garantiert empfangen würde.

„So, fertig, mein Lieber!"

Während der ganzen Prozedur hatte sich Michelangelo kaum von der Stelle gerührt, so sehr genoss er die Körperpflege. Vermutlich hätte er nichts dagegen gehabt, wenn Nele noch bis zum Sonnenuntergang damit weitergemacht hätte.

Auf dem Weg in seine Box dachte Nele mal wieder darüber nach, wie verschieden das Leben von Menschen und Pferden doch war. Michelangelo musste nicht in die Schule, musste sich kein Genörgel von seinen Eltern anhören und durfte aufstehen und schlafen gehen, wann er wollte. Und noch dazu wurde rund um die Uhr für ihn gesorgt. Nele hatte niemanden, der ihr die Haare bürstete oder sie mit einem Schwamm abschrubbte oder sie in ihre Klamotten steckte. Falls sie noch mal auf die Welt kommen sollte, dann hoffentlich mit vier Hufen!

Zum Abschied schlang sie beide Arme um Michelangelos Hals und drückte ihn ganz fest an sich.

„Mach's gut!", sagte sie leise. „Wenn ich nicht eine Woche lang Stubenarrest kriege, sehen wir uns morgen wieder."

Seufzend verließ Nele die Box und ging hinaus zu

ihrem Fahrrad. Schade, dass sie ihm keine Kommandos geben konnte! Von wegen Galoppieren – für hohes Tempo mussten ihre Beine sorgen.

Mit aller Kraft trat sie in die Pedale und raste so schnell wie noch nie durch den Wald. Als sie die erste größere Straße erreichte, musste sie jedoch langsamer fahren, weil der Verkehr so stark war. Es dauerte eine halbe Ewigkeit, bis sie endlich zu Hause war.

Ihre Eltern warteten bereits auf sie. Kaum hatte Nele die Tür geöffnet, kam das Begrüßungskomitee aus der Küche.

„Was ist das da an deinem Handgelenk?“, wollte ihr Vater in scharfem Ton von ihr wissen.

„Sieht aus wie eine Armbanduhr“, antwortete sie lächelnd. „Wieso bist du schon da, Vati?“

„Schon?“, wiederholte er verständnislos.

Nele schaute auf ihre Uhr – und riss entsetzt die Augen auf.

„Oh nein!“, kreischte sie. „Es ist ja schon wahnsinnig spät! Tut mir Leid, ich hab nicht auf die Zeit geachtet.“

Ihre Eltern wechselten einen misstrauischen Blick. War Neles Schauspielerei nicht überzeugend genug gewesen?

„Wo warst du denn so lange?“, erkundigte sich ihre Mutter.

„Rate mal!“

„Wir machen hier kein Ratespiel!“, grummelte Neles

Vater. „Wenn deine Mutter eine Frage stellt, erwartet sie eine Antwort."

„Die Antwort auf die Frage kennt ihr aber schon", entgegnete Nele patzig. „Wo soll ich schon gewesen sein, hm? Habe ich einen Affen, einen Elefanten oder ein Pferd?"

Ihr Vater stemmte die Hände in die Hüften. „Das ist kein Fernsehquiz, kapiert? Deine Mutter hat dir gesagt, wann du zu Hause sein sollst, und du hast dich nicht daran gehalten."

Nele senkte den Kopf.

„Du weißt genau, dass du nicht den ganzen Nachmittag auf dem Reiterhof verbringen kannst", sagte ihre Mutter. „Seit zwei Stunden hättest du nicht mehr im Sattel, sondern vor deinem Mathebuch sitzen müssen."

„Hm", machte Nele.

„Hast du vergessen, dass du nächsten Montag eine Mathearbeit schreibst?", fuhr ihre Mutter fort.

Ja, das hatte Nele tatsächlich vergessen. Zumindest in den zwei Stunden, in denen sie auf Michelangelo durch den Wald geritten war. Dabei hatte sie so ziemlich alles vergessen. Vielleicht sogar ihren eigenen Namen.

Ihr Vater sagte den Spruch auf, den Nele sich mindestens zehnmal am Tag anhören musste. „Diese Mathearbeit ist unheimlich wichtig für dich. Herr Karlsen hat mir erzählt, dass er dir vielleicht eine Fünf im Zeugnis geben muss, wenn du die Arbeit genauso verhaust wie die davor."

„Was für ein Glück, dass du mit meinem Mathelehrer in der Schule warst", sagte Nele böse. „Sonst hätte ich noch bis zur Zeugnisvergabe auf diese Rede warten müssen."

„Es ist tatsächlich ein Glück, dass Herr Karlsen und ich befreundet sind", erwiderte ihr Vater. „So können wir immerhin noch was gegen deine schlechten Noten unternehmen. Anstatt jeden Nachmittag mit Michelangelo zu verschwenden, bleibst du die nächste Woche daheim und büffelst. Haben wir uns verstanden?"

„Wer wollte denn unbedingt, dass ich ein halbes Pferde kriege?", regte Nele sich auf. „Erst wart ihr heilfroh, dass ich mich fürs Reiten interessiere, und jetzt beschwert ihr euch darüber, dass ich jede freie Sekunde auf dem Reiterhof verbringe."

Neles Mutter ließ ihren Lieblingssatz hören: „Alles in Maßen, mein Kind!"

„Ich bin kein Kind mehr!", schnaubte Nele. „Seht ihr nicht den Pickel auf meiner Stirn? Übermorgen fange ich an zu rauchen!"

Sie rauschte an ihren Eltern vorbei und verzog sich in ihr Zimmer. Die Tür machte sie ganz leise hinter sich zu. Wenn Nele sie zugeknallt hätte, wäre ihr Vater sofort hereingekommen und hätte sich über den Krach beschwert – und das mit so lauter Stimme, dass sich Nele die Ohren hätte zuhalten müssen.

Das Blöde an dem Gerede ihrer Eltern war, dass sie absolut Recht hatten. Diese Mathearbeit war wirklich enorm wichtig, wenn Nele nicht hängen bleiben wollte. Ihr drohte auch eine Fünf in Englisch. Und mit zwei Fünfen würde sie nicht versetzt werden.

Sie holte ihr Mathebuch aus dem Rucksack, knallte es auf den Schreibtisch und ließ sich auf den Stuhl fallen. Nein, sie hatte keine Lust auf Zahlen und Regeln. Nach dem Reiten hatte sie immer nur auf eins Lust: Noch mehr zu reiten. Und jetzt wollten Neles Eltern ihr das Einzige verbieten, was ihr richtig Spaß machte.

Mit düsterer Miene hockte sie da, die Arme über der Brust verknotet, und stierte an die Wand. Das Leben war ungerecht! Wer hatte erfunden, dass Kinder nicht das machen durften, was sie wollten? Wer immer dieser Erfinder war – zum Zeitpunkt seiner Erfindung dürfte er bestimmt älter als 13 Jahre gewesen sein.

Plötzlich klingelte es an der Haustür. Das war sicher der Freund von Neles Vater, der ihn zum Badminton abholte. Einen Federball über ein Netz schlagen ... Gab es einen langweiligeren Sport? Wenn die Spieler wenigstens auf Pferden sitzen würden!

Es klopfte an Neles Tür. Blitzschnell schnappte sie sich das Mathebuch, schlug es auf und starrte so fasziniert hinein, als hätte sie noch nie Zahlen gesehen.

„Hallo!", ertönte eine Mädchenstimme hinter ihr.

Nele fuhr erstaunt herum. „Hannah? Was willst du denn hier?"

„Nette Begrüßung!“, gab ihre Freundin zurück. „Ist dir irgendwas über die Leber gelaufen?“

„Nur meine Eltern.“

„Wieder wegen der Mathearbeit?“

Nele nickte.

„Und wie war es bei Michelangelo?“, fragte Hannah.

„Ach du Schande!“, stöhnte Nele und knallte das Mathebuch zu. „Wieder so eine blöde Frage!“

„Was soll das denn heißen?“

„Wie soll es schon gewesen sein? Super natürlich! Wie immer! Wir waren stundenlang im Wald unterwegs.“

„Was ist das?“

„Ein Wald? Das ist eine Ansammlung von vielen Bäumen und –“

„Nein, ich meine das Teil auf deiner Stirn!“, unterbrach Hannah ihre Freundin. „Gestern war das noch nicht da, oder?“

„Und was meinst du, was das ist? Wie ein Pferdekuss sieht es ja wohl nicht aus, oder?“

„Das ist ein Pickel!“, rief Hannah kichernd und sank aufs Bett.

„Ach nee! Und was ist daran so komisch?“

„Nichts“, versicherte Hannah schnell, kicherte aber weiter.

Weil sie keine Lust hatte, über ihren Pickel zu reden, fragte Nele: „Was willst du überhaupt hier?“

„Dich fragen, ob du mir deine Reitkappe ausleihen

könntest. Heute habe ich es nicht mehr zu Michelangelo geschafft, wegen den vielen Hausaufgaben, aber morgen will ich unbedingt wieder auf den Reiterhof."

„Wo ist denn deine eigene Kappe?", fragte Nele. „Hat deine Schwester sie aus Versehen verschluckt?"

Hannah zog eine Schnute. „Bei der großen Klappe, die Marion hat, würde die Reitkappe tatsächlich dort reinpassen."

Das stimmte. Immer, wenn Hannah von ihrer großen Schwester erzählte, war Nele ganz froh, dass sie keine Geschwister hatte.

„Ich habe meine Reitkappe gestern im Auto meines Vaters vergessen", erklärte Hannah. „Und der ist gerade auf Geschäftsreise nach Hamburg."

Nele dachte daran, wie ihre Eltern sie eben im Flur ausgeschimpft hatten. Das konnte Hannah nicht passieren. Sie hatte nämlich keine Eltern. Das heißt, sie hatte zwar einen Vater und eine Mutter, aber nur die Mutter lebte mit Hannah und ihrer Schwester zusammen. Ihr Vater hatte eine eigene Wohnung. Und ein eigenes Leben. Er wohnte zwar nur wenige Straßen von Hannah und Marion entfernt, trotzdem sahen sie ihn nur am Wochenende.

„Meine Kappe muss irgendwo hier rumliegen", sagte Nele und schaute sich suchend um. „Ich hab sie vor Wut irgendwohin geschleudert."

Hannah entdeckte sie neben dem Kleiderschrank, hob sie auf und setzte sich wieder aufs Bett.

„Die kannst du erst mal behalten“, sagte Nele wütend und ballte die Fäuste. „Zumindest bis zur Mathearbeit nächste Woche.“

„Wieso?“

„Wieder so eine tolle Frage!“, regte Nele sich auf. „Überleg doch mal, Hannah! Was hält mich am meisten vom Büffeln ab?“

„Vom Büffeln? Ein Pferd!“

„Genau!“ Wütend trat Nele gegen ihren Schreibtisch. „Meine Eltern glauben, Michelangelo sei schuld daran, dass ich in letzter Zeit so miese Noten bekommen habe. So ein Quatsch! Ich war doch schon immer eine Niete in der Schule!“

„Wirklich?“

Die beiden Mädchen besuchten nicht dieselbe Schule, daher wusste Hannah nicht genau, wie gut ihre Freundin im Unterricht war. Ein paar Mal hatte Hannah danach gefragt, aber Nele hasste es, über die Schule zu reden. Sie fand es schon schlimm genug, dass sie jeden Tag hingehen musste.

„Mein Vater ist echt gemein!“, beschwerte sich Nele. „Meine Mutter hätte mir bestimmt nicht das Reiten verboten. Wenn die zwei sich mal scheiden lassen, weiß ich jetzt schon, zu wem ich ziehen werde.“

Hannah sagte nichts. Gedankenverloren betrachtete sie die Kappe in ihrer Hand.

„Was ist?“, fragte Nele.

„Du würdest anders über deinen Vater reden, wenn

er nicht mehr bei euch leben würde“, behauptete Hannah. „Weißt du, wovon ich geträumt habe? Dass ich meine Reitkappe bin.“

Neles Augenbrauen wanderten in die Höhe. „Wirklich?“

„Ja. Ich lag in seinem Wagen auf dem Beifahrersitz und begleitete ihn auf seinen Geschäftsreisen. Wir waren immer zusammen, von morgens bis abends. Und wenn er im Hotel übernachtete, schlief ich neben ihm auf dem Nachtschränkchen.“

„Du bist verrückt!“

Im Wohnzimmer klingelte das Telefon. Hannah schaute auf die Uhr.

„Ich muss jetzt los“, sagte sie und erhob sich vom Bett. „Beim Abendessen muss ich immer pünktlich sein.“

„Alles klar.“

„Und du kommst in den nächsten Tagen wirklich nicht zum Reiterhof?“

„Nein“, sagte Nele. „Michelangelo gehört dir jetzt ganz alleine.“

„Blödsinn!“, widersprach Hannah. „Er gehört uns beiden, egal, wer von uns öfter auf ihm reitet. Und außerdem gehört er eigentlich niemandem. Ein Lebewesen kann man nicht besitzen. Jedenfalls hat das mein Vater immer zu meiner Mutter gesagt, wenn er sich früher mit ihr gestritten hat.“

„Darf ich mal kurz stören, Kinder?“

Neles Mutter war so plötzlich aufgetaucht, dass die Mädchen zusammenzuckten.

„Musst du uns so erschrecken?“, fauchte Nele.

„Tut mir Leid. Ich wollte euch nur sagen, dass Herr Knaupp gerade angerufen hat.“

Prompt schlug Neles Herz schneller. Hannah erging es ebenso, das konnte Nele ihr ansehen. Beide Freundinnen hatten natürlich den gleichen Gedanken. Hannah sprach ihn aus.

„Ist Michelangelo irgendwas passiert?“, fragte sie mit einem leichten Zittern in der Stimme.

„Nein“, beruhigte Neles Mutter die zwei Mädchen. „Michelangelo geht es gut, nehme ich an. Wenn es anders wäre, hätte Herr Knaupp mir das sicher verraten. Aber er wollte was ganz anderes.“

„Was denn?“, fragte Nele.

„Es geht um einen Wanderritt, der übernächste Woche stattfinden soll. Am Dienstag ist nämlich Feiertag, und er will –“

„Wahnsinn!“, jubelte Nele und hüpfte aufgeregt von einem Fuß auf den anderen. „Wieso hat mir Herr Hülsenbrinck vorhin nichts davon erzählt?“

„Weil er es wahrscheinlich selbst noch nicht wusste“, vermutete Neles Mutter. „Als Stallbesitzer muss sich Herr Knaupp natürlich erst mal bei den Eltern der Reiter erkundigen, ob sie überhaupt an einem Wanderritt teilnehmen dürfen. Erst dann kann er so etwas organisieren.“

„Also, meine Eltern werden bestimmt nichts dagegen haben", verkündete Hannah freudestrahlend. „Das wird super! Ich wollte schon immer mal bei so einem Wanderritt mitmachen."

„Ich auch", sagte Nele und reckte schon begeistert ihre Fäuste in die Luft.

„Moment mal!", wurde sie von ihrer Mutter gebremst. „Dein Vater und ich sind der Meinung, dass du nur unter einer Bedingung bei dem Wanderritt mitmachen darfst."

Nele durchbohrte ihre Mutter mit einem finsteren Blick. „Und was für eine Bedingung soll das sein?"

„Eine Drei."

„Also, was denn nun?", hakte Nele nach. „Eine Bedingung oder drei Bedingungen?"

„Eine Drei in Mathe", sagte ihre Mutter, worauf Nele die Augen verdrehte.

„Das schaffe ich nie", sagte sie betrübt und schlurfte mit gesenktem Kopf zum Fenster.

„Natürlich schaffst du das", versuchte Hannah sie aufzumuntern. „Und wenn nicht – na ja, dann brauchen wir uns wenigstens nicht darüber zu streiten, wer von uns beiden bei diesem Ausflug auf Michelangelo reiten darf, stimmt's?"

Zornig fuhr Nele herum. „Freu dich nicht zu früh!", warnte sie ihre Freundin. „Hältst du mich für total dämlich? Wenn ich richtig lerne, schaffe ich vielleicht sogar eine Zwei, wetten?"

„Eine Drei reicht völlig“, mischte sich ihre Mutter ein.

„Ich habe einen Vorschlag“, sagte Hannah. „Wenn du eine Drei schaffst, dann überlasse ich dir Michelangelo auf dem Wanderritt.“

„Und worauf willst du dann reiten?“, fragte Nele.

„Ich besorge mir ein Mietpferd.“

Neles Mutter legte eine Hand auf Hannahs Schulter. „Das ist eine sehr gute Idee! So eine gute Freundin wie dich hätte ich früher auch gerne gehabt.“

Nele verdrehte genervt die Augen. „Warum adoptierst du Hannah dann nicht?“, fragte sie bissig. „Dann kann ich ja zu ihrer Mutter ziehen. Die würde mir nie das Reiten verbieten.“

Neles Mutter schüttelte den Kopf. „Ich glaube kaum, dass Hannahs Mutter sich darauf einlassen würde. Und wir übrigens auch nicht. Du weißt doch, dass wir stolz auf –“

„Schon gut, schon gut“, unterbrach Nele sie schnell. Das Einzige, was sie noch ekliger fand als das Geschimpfe ihrer Eltern, war das rührselige Geplapper, das sie hin und wieder hören ließen. „Einigen wir uns auf einen Kompromiss“, sagte sie. „Ich bleibe vorläufig eure Tochter Nele und versuche Hannahs Noten zu bekommen.“

Hannah grinste. „Solange ich dann nicht deine Noten bekomme …“

2. Kapitel

Am nächsten Morgen war der Pickel leider nicht verschwunden. Im Gegenteil: Er war noch ein bisschen größer geworden. Jeder in der Schule sprach Nele darauf an, sogar ihre Deutschlehrerin und ihr Kunstlehrer. Nach der letzten Stunde verließ sie im Eiltempo ihr Klassenzimmer, um so schnell wie möglich zu den Fahrradständern zu kommen.

Ihre Mutter erwartete sie zu Hause mit Frikadellen und Kroketten und jeder Menge Fragen über die Schule. Nachdem Nele alles verputzt und alle Fragen ihrer Mutter betont höflich beantwortet hatte, stand sie auf und verstaute das Geschirr und das Besteck in der Spülmaschine. Dann warf sie ihrer Mutter einen flehenden Blick zu und sagte: „Bitte, Mutti!"

Ihre Mutter hatte keinen Schimmer, wovon sie redete. „Bitte was?"

„Lass mich zum Reiterhof fahren. Nein, nicht jetzt sofort", fügte sie schnell hinzu, bevor ihre Mutter etwas sagen konnte. „Erst wird gebüffelt, und das zwei Stunden lang. Versprochen! Aber danach kann ich mich sowieso nicht mehr konzentrieren und brauche eine Pause. Warum soll ich die nicht für ein bisschen Bewegung nutzen, hm? Es ist ungesund, den ganzen Tag in der Bude zu hocken, anstatt draußen an der frischen Luft –“

„Ruhe!“ Ihre Mutter schüttelte den Kopf. „Wenn du den ganzen Nachmittag nicht mit dem Quatschen aufhörst, hast du für nichts anderes mehr Zeit.“

„Du erlaubst es also, Mutti?“

„Das hab ich nicht gesagt.“

„Du erlaubst es also nicht?“

„Das habe ich auch nicht gesagt“, erwiderte ihre Mutter lächelnd. „Steck deine Nase erst mal ins Mathebuch, dann sehen wir weiter!“

„Juchhu!“, schrie Nele, drückte ihrer Mutter einen Schmatzer auf die Backe und sauste in ihr Zimmer.

Geschlagene zwei Stunden lang vertiefte sie sich in Zahlen und Formeln. Am Anfang wusste sie überhaupt nicht, womit sie sich da eigentlich beschäftigte. Doch irgendwann ging ihr ein Licht auf. Und dann noch eins. Und noch eins. Na ja, zugegeben, die Lichter verbreiteten nicht besonders viel Helligkeit. Aber das war immerhin tausendmal besser als die totale Dunkelheit, in der Nele in den letzten Wochen und Monaten herumgetappt war, wenn sie sich mit Mathematik beschäftigt hatte.

Ihre Mutter saß am Computer, als Nele ins Wohnzimmer kam.

„So, ich bin fertig“, sagte sie, worauf ihre Mutter mit dem Tippen aufhörte und sich umdrehte. „Darf ich kurz zu Michelangelo fahren?“

„Wie kurz?“

Nele schaute auf die Uhr. „Spätestens um sechs Uhr bin ich wieder da.“

„Halb sechs.“

„Okay. Tschüss, Mutti! Und danke!“

Nur eine Minute später saß Nele auf dem Fahrrad. Zum Reiten würde sie wahrscheinlich keine Gelegenheit haben, weil Hannah sicher mit Michelangelo unterwegs war. Aber sie würde ihn immerhin sehen. Und ihn striegeln und bürsten. Ja, sie freute sich sogar auf die Pferdeäpfel in seiner Box, die sie mit der Mistgabel auf die Schubkarre befördern würde. Hannahs Schwester Marion hatte Recht: Um verrückt nach Pferden zu sein, musste man wirklich verrückt sein.

Marion wollte nicht daran erinnert werden, dass auch sie selbst mal so verrückt gewesen war. Statt für Vierbeiner interessierte sie sich nur noch für Zweibeiner – vor allem für männliche zwischen 16 und 18 Jahren. Ständig war sie in irgendjemanden verknallt und entweder schrecklich gut drauf oder total zu Tode betrübt.

Nele musste wieder an den Pickel auf ihrer Stirn denken. Sollte sich der etwa als Anfang vom Ende ihrer

Pferdebegeisterung entpuppen? Diese verdammte Pubertät! Zu gerne hätte Nele darauf verzichtet, älter zu werden und sich zu verändern. Würde sie sich in zwei Jahren überhaupt noch an Michelangelo erinnern können?

Unwillig schüttelte Nele den Kopf. Warum machte sie sich Gedanken darüber, was in zwei Jahren sein würde? Viel wichtiger war jetzt die Mathearbeit. Und vor allem der Wanderritt. Wetten, dass es gleich auf dem Hof kein anderes Gesprächsthema geben würde?

Inzwischen hatte sie den Wald erreicht und strampelte im Affenzahn den Weg entlang. Ein paar Wolken am Himmel sorgten dafür, dass es nicht ganz so heiß war wie gestern. Sie hielt Ausschau nach Michelangelo, konnte ihn aber nirgends entdecken.

Dafür entdeckte sie jemand anderen, als der Reiterhof in Sicht kam: Ludwig. Er war gerade damit beschäftigt, seinem Lancelot die Hufe auszukratzen. Kaum hatte Nele hinter ihm eine Vollbremsung hingelegt, unterbrach er seine Arbeit und richtete sich auf.

„Na?", sagte Nele und stieg vom Sattel.

„Na?", kam es wie ein Echo zurück.

Völlig unbeweglich stand er da und starrte sie an. Sogar Lancelot hatte den Kopf in Neles Richtung gedreht. Was sollte das? Nachdem Nele ihr Fahrrad abgestellt hatte, wandte sie sich Ludwig zu und fragte: „Warum glotzt du so blöd?"

„Das – äh – das darf ich nicht sagen."

„Wieso nicht?“, wunderte sich Nele.

„Hannah hat es mir verboten. Sie hat gesagt, wenn dich jemand darauf anspricht, dann gehst du in die Luft.“

„Und das stimmt auch!“, brüllte Nele ihn an. „So eine dumme Gans! Wieso hat sie dir von meinem Pickel erzählt?“

„Nur um mich zu warnen“, beteuerte Ludwig. „Sie hat gesagt, ich soll dich bloß nicht anstarren, sonst kriegst du einen Anfall.“

So wie gestern Abend. Als ihre Mutter Nele vorgeschlagen hatte, ihr eine Pickelcreme zu kaufen, war sie förmlich explodiert. Es war schon schlimm genug, dieses hässliche Teil an der Stirn zu haben! Musste man sich auch noch darüber unterhalten?

„Diese elende Schwatzbacke!“, ärgerte sich Nele. „Hat sie sonst noch was über mich verraten?“

„Nein.“

„Wirklich nicht?“

„Nur die Sache mit der Mathearbeit. Sie wollte wissen, ob ich vielleicht einen guten Nachhilfelehrer für dich kennen würde.“

„Nachhilfe!“, wiederholte Nele verächtlich. „So was brauche ich nicht.“

„Wieso nicht? Mir hat das auch mal geholfen. In Physik. Da hatte ich komplett den Durchblick verloren. Aua!“

Lancelot hatte ihm mit dem Kopf in den Rücken gestoßen, um Ludwigs Aufmerksamkeit wieder auf sich zu lenken. Nele musste lachen.

Der Junge klopfte Lancelots Hals und sagte: „Ist ja gut! Ich mache gleich weiter!“

Nele setzte sich in Richtung Stall in Bewegung. Doch als sie an Ludwig vorbeiging, rief er: „Warte doch mal! Ich habe eine Idee.“

„Was für eine?“

„Mich.“

Neles Stirn legte sich in Falten. „Was soll das heißen?“

„Nimm mich.“

„Wie bitte?“ Sie traute ihren Ohren nicht. Nimm mich? Was sollte das heißen? War das vielleicht eine Liebeserklärung? Oh Gott – erst der Pickel und jetzt ein Junge, der in sie verknallt war! Das konnte nur eins bedeuten: Pubertät.

„Ich meine, nimm mich als Nachhilfelehrer“, sagte Ludwig, worauf Nele ein Stein vom Herzen fiel.

„Ach so!“ Erleichtert atmete sie auf. „Und ich dachte schon –“

„Was?“

„Nichts. Verstehst du denn was von Mathematik?“

„Mehr als du“, behauptete Ludwig.

„Aber ich weiß nicht, wie viel dir meine Eltern bezahlen könnten.“

Ludwig winkte ab. „Geld ist nicht mein Problem, das weißt du doch. Davon habe ich mehr als genug.“

Ja, das wusste Nele. Früher hatte sie Ludwig für einen angeberischen Schnösel gehalten. Inzwischen wusste sie, dass er nur ein Angeber war. Aber das hatte nichts mit dem Geld seiner Eltern zu tun, sondern mit seinen Reitkünsten. Tatsächlich war Ludwig fast so gut, wie er dachte. Nele grinste ihn an und sagte verächtlich: „Angeber! Wieso schenkst du mir nicht gleich deinen Lancelot?“

„Weil du ihn gar nicht haben willst“, antwortete Ludwig. „Deinen Michelangelo würdest du doch nicht gegen den schönsten Araber auf der ganzen Welt eintauschen, stimmt's?“

„Stimmt“, entgegnete Nele ohne Zögern. Sie räusperte sich. „Wann soll denn die erste Nachhilfestunde stattfinden?“

„Lass uns nachher noch mal drüber reden, okay?“, sagte Ludwig. „Ich muss mich jetzt um Lancelot kümmern.“

„In Ordnung.“

Nele ging die Stallgasse entlang. Fast alle Boxen waren leer. Die Pferde standen entweder draußen auf der Koppel oder wurden gerade geritten. Michelangelo war ebenfalls unterwegs.

In der Reithalle drehte gerade ein Apfelschimmel seine Runden. Auf seinem Rücken saß ein dicker Mann mit Halbglatze, den Nele noch nie gesehen hatte. Sehr viel Spaß schien ihm das Reiten nicht zu machen. Oder warum blickte er sonst so mürrisch vor sich hin?

Weil Nele nicht wusste, was sie machen sollte, ließ sie sich auf einer der Bänke nieder und schaute der Stute beim Traben zu. Dabei ärgerte sie sich über Hannah. Wieso hatte sie Ludwig von dem Pickel erzählt? Und von der Mathearbeit? Dass Ludwig ihr Nachhilfe angeboten hatte, fand Nele erstaunlich. Klar, inzwischen wusste sie natürlich, dass Ludwig nicht der Hohlkopf und das Großmaul war, für den sie und Hannah ihn am Anfang gehalten hatten. Er konnte manchmal richtig nett sein. Aber es gab auch Tage, an denen er völlig ungenießbar war, sich für den besten Reiter südlich vom Nordpol hielt und einen mit seinen Schlaumeiersprüchen in den Wahnsinn treiben konnte.

Der dicke Reiter drehte seinen Kopf in Neles Richtung. Sie lächelte. Er nicht. Warum setzte er sich auf ein Pferd, wenn er sich im Sattel nicht wohl fühlte? Der Kerl machte ja ein Gesicht, als ob Reiten eine richtige Strafe wäre.

Der Apfelschimmel gefiel Nele. Aber gab es überhaupt ein Pferd auf der Welt, das ihr nicht gefiel? Michelangelo war zwar ihr absoluter Liebling, aber das lag nicht nur an seinem Aussehen, sondern vor allem an seinem Wesen. Nele hatte das Gefühl, dass er sie verstand. Damit meinte sie nicht nur die Kommandos, die sie ihm durch die Zügel oder die Schenkel gab. Michelangelo verstand auch sonst alles, was Nele zu ihm sagte. Und sie sprach sehr viel mit ihm.

„Findest du das irgendwie interessant?“, tönte auf

einmal die Stimme des dicken Reiters durch die Halle, die erstaunlich hoch klang.

„Was?"

„Da rumzuhocken und mir beim Reiten zuzuschauen."

Nele zuckte die Schultern. „Finden Sie denn das Reiten interessant?", fragte sie zurück.

Der Mann verzog seinen Mund zu einem kalten Lächeln. „Eigentlich nicht. Ich habe mir nur deshalb ein Pferd zugelegt, weil mein Arzt mir dazu geraten hat. Das soll gut gegen Stress sein. Dafür hat mein Pferd jetzt Stress." Er klopfte sich auf seinen Bauch. „So ein Schwergewicht auf sich herumzutragen, ist bestimmt kein großes Vergnügen. Glaubst du, meine Solvana würde mich am liebsten abwerfen?"

„Fragen Sie sie doch mal."

„Sehe ich aus wie der Pferdeflüsterer?", erwiderte der Mann. „Redest du etwa mit deinem Gaul?"

„Ich habe keinen Gaul. Ich habe ein Pferd."

„Gibt's da einen Unterschied?"

Nele hatte keine Lust mehr, mit dem Mann zu reden. Um so zu tun, als hätte sie es eilig, schaute sie auf die Uhr und sagte: „Oh, ich muss gehen!"

Der Reiter nickte ihr zu. Nele stand auf und kehrte zurück in die Boxengasse. Von draußen hörte sie ein Wiehern.

Michelangelo!

Er war es tatsächlich. Hannah stieg gerade von seinem Rücken, als Nele aus dem Stall kam. Ludwig und Lancelot waren verschwunden. Bei Neles Anblick machte ihre Freundin ein verdattertes Gesicht.

„Was machst du denn hier?“, rief Hannah erstaunt.

„Ich will Michelangelo den Hafer wegfuttern“, antwortete Nele. „Warum bekomme ich in letzter Zeit so viele dumme Fragen gestellt?“

„Die Frage ist gar nicht so dumm. Haben deine Eltern gestern nicht beschlossen, dass du erst nach der Mathearbeit wieder zum Reiterhof kommen darfst?“

„Entschlüsse können sich ändern“, erklärte Nele grinsend. „Sogar Entschlüsse von Eltern.“ Sie strich über Michelangelos Fell. „Warum schwitzt er nicht?“

„Weil ich nur Schritt geritten bin. Ich wollte ihn nicht überanstrengen.“

Prompt wurde Nele patzig. „Was soll das heißen? Dass er jedes Mal kurz vor einem Herzinfarkt steht, wenn ich auf ihm reite?“

„Warum bist du denn so kratzbürstig?“

„Warum bist du denn so ein Plappermaul?“

„Hä?“, machte Hannah. „Wovon redest du?“

„Von meinem Pickel. Und der Mathearbeit. Was geht das Ludwig an?“

„Den Pickel habe ich nur erwähnt, damit er keine Witze darüber macht, wenn er dich sieht. Ich wollte dir damit einen Gefallen tun.“

„Vielen Dank!“, brummte Nele. „Und die Mathearbeit?“

„Ludwig wollte wissen, ob du heute kommst. Ich sagte nein. Dann wollte er wissen, ob du morgen kommst. Oder übermorgen. Da musste ich ihm ja wohl erklären, wieso du in dieser Woche nicht hier auftauchen wirst."

„Aha."

„Und jetzt erklär du mir mal, warum Ludwig so große Sehnsucht nach dir hat", forderte Hannah ihre Freundin mit spöttischer Miene auf.

Nele spürte, dass sie rot wurde. „Jetzt kümmern wir uns erst mal um Michelangelo", sagte sie. „Du sattelst ihn ab, ich hole den Putzkasten."

Kaum hatte sie Hannah den Rücken zugedreht und sich in Bewegung gesetzt, hörte Nele ein leises Kichern hinter sich. Sie beschloss, sich nicht darum zu kümmern. Ärger mit Hannah konnte sie nicht gebrauchen. Sie hatte schon mehr als genug davon: mit ihrem Pickel, mit ihrem Mathebuch und mit ihren Eltern. Obwohl – vorhin hatte ihre Mutter echt super reagiert, als sie ihr den Ausflug zum Reiterhof erlaubt hatte. Nele durfte auf keinen Fall später als verabredet nach Hause kommen, sonst wäre ein Riesenkrach fällig.

Mit dem Putzkasten in der Hand kehrte sie zu Michelangelo zurück, der inzwischen schon abgesattelt war.

„Ich bringe den Sattel weg und schaue mal nach, ob Herr Knaupp inzwischen da ist", sagte Hannah. „Vorhin war er beim Arzt. Ich will ihn fragen, welches Mietpferd er mir für den Wanderritt empfehlen kann."

Nele lächelte. „Du traust mir im Ernst zu, bei der Mathearbeit eine Drei zu schreiben?“

„Na klar! Nichts ist unmöglich, wenn du fleißig lernst.“

Und den richtigen Nachhilfelehrer hast!, fügte Nele in Gedanken hinzu. Aber Ludwigs Vorschlag wollte sie zunächst lieber für sich behalten. Wenn Hannah davon erfuhr, würde sie bestimmt wieder eine spöttische Bemerkung machen. Von wegen Sehnsucht und so ...

Hannah verschwand in Richtung Sattelkammer. Nele bückte sich und holte die Kardätsche und den Metallstriegel heraus. Immer, wenn sie zweimal mit der Kardätsche über Michelangelos Fell gestrichen hatte, ließ sie die Borsten über den Metallstriegel gleiten, um sie zu reinigen. Nele erinnerte sich an ihr erstes Striegeln. Unglaublich, was sie dabei alles falsch gemacht hatte! Nicht mal in Fellrichtung hatte sie gebürstet, sondern war einfach kreuz und quer mit der Kardätsche auf Michelangelos Rücken herumgefahren.

„Wieso hast du dich damals nicht gegen diese unsanfte Behandlung gewehrt?“, fragte sie Michelangelo. „Zum Beispiel mit einem leichten Aufbäumen. Ist es dir denn völlig egal, was mit deinem Fell veranstaltet wird?“

Michelangelo drehte ihr den Kopf zu. Sie streichelte ihm mit dem Handrücken über die Nüstern. Er schnaubte leise.

Kurz bevor Nele mit dem Striegeln fertig war, kehrte Hannah zurück.

„Und?“, fragte Nele.

„Verdammter Mist!“, knurrte ihre Freundin. „Die Mietpferde sind alle schon reserviert!“

„Wirklich?“

Hannah nickte. „Herr Knaupp ist selbst überrascht, dass der geplante Wanderritt so große Begeisterung ausgelöst hat. Der halbe Reitverein hat gestern bei ihm angerufen, um sich dafür anzumelden.“

„Und was machst du jetzt ohne Pferd?“

„Wieso ich? Vielleicht bist du ja nächste Woche ohne Pferd“, gab Hannah gnadenlos zurück. „Wer weiß, wie die Mathearbeit ausfällt … “

„Befriedigend“, sagte Nele.

„Bist du sicher?“

Nein, das war Nele natürlich nicht. Aber jetzt war sie mehr denn je dazu entschlossen, für die Arbeit zu büffeln. Gleich nach dem Abendbrot würde sie sich mit dem Mathebuch aufs Bett legen und es bis zum Einschlafen nicht mehr zuklappen.

„Wir sollten uns auf eigene Faust nach einem zweiten Pferd umsehen“, meinte Hannah. „Eine von uns wird es schließlich garantiert brauchen, stimmt's?“

„Stimmt.“

„Aber ich kenne niemanden, der uns eins leihen könnte. Du vielleicht?“

„Nein“, sagte Nele.

Doch plötzlich hielt sie mit dem Striegeln inne, ließ die Hände sinken und sagte: „Melissa!"

„Wer soll das sein?"

„Ein ganz merkwürdiges Mädchen aus unserer Schule. Angeblich hat sie ein Pferd."

„Wieso angeblich?", fragte Hannah. „Kennst du sie nicht?"

„Nur vom Sehen. Sie ist eine Klasse über mir und total seltsam."

„Inwiefern?"

„Na ja, sie hat keine Freundin, hängt immer allein auf dem Schulhof rum und wohnt ganz weit draußen auf einem Bauernhof."

„Hm, das klingt ja spannend", sagte Hannah. „Ein seltsames Mädchen, das keine Freundin hat ... So ähnlich hat deine Mutter dich auch beschrieben, als sie zum ersten Mal mit meinen Eltern telefoniert hat."

Neles Augen verengten sich zu Schlitzen. „Echt?"

„Was glaubst du, was Melissa sagen wird, wenn du sie darum bitten würdest, dir ihr Pferd zu leihen?"

„Keine Ahnung."

„Würdest du dich überhaupt trauen, sie morgen in der Schule nach ihrem Pferd zu fragen?"

„Keine Ahnung", seufzte Nele.

3. Kapitel

Nein, Nele traute sich nicht. Weder in der ersten noch in der zweiten Pause. Mit einer Möhre in der Hand schlenderte Melissa über den Schulhof und stierte dabei völlig geistesabwesend vor sich hin. Worüber sie auch nachdenken mochte – Nele wagte nicht, sie dabei zu stören.

Die Wohnung war leer, als Nele um halb zwei nach Hause kam. Sie hätte jetzt zum Reitstall fahren können, aber die Mathearbeit war wichtiger. Nele musste unbedingt eine Drei schreiben! Den Wanderritt wollte sie nämlich auf Michelangelo mitmachen und nicht auf irgendeinem anderen Pferd. Falls sie überhaupt eins auftreiben konnten, sollte Hannah auf ihm reiten.

Sie schob eine Thunfischpizza in die Mikrowelle und setzte sich dann mit dem aufgeschlagenen Mathebuch an den Küchentisch, um zu futtern. Ihr Vater behauptete zwar, dass es nicht besonders gesund wäre, beim Essen zu lesen, aber zwei Fünfen auf dem Zeugnis fand

Nele noch ungesünder, und zwar für ihre Versetzung.

Nach dem letzten Bissen verschwand sie in ihr Zimmer. Bevor sie sich wieder in ihr Buch versenkte, dachte sie kurz an Ludwig.

So ein Blödmann! Gestern auf dem Reiterhof war er nicht mehr aufgetaucht. Dabei hatte er Nele versprochen, noch mal mit ihr über die Nachhilfe zu reden. Die konnte sie wohl abhaken.

Sie machte es sich auf dem Bett gemütlich, indem sie sich ihr Kissen in den Rücken stopfte und die Beine verknotete. Doch kaum hatte sie das Mathebuch vom Nachtschrank gefischt, klingelte es an der Haustür. Hatte ihre Mutter den Schlüssel vergessen?

Nele stand auf, ging in den Flur, nahm den Hörer von der Sprechanlage und fragte: „Ja, bitte?"

„Hier ist Ludwig."

Ach du Schande! Sie drückte auf den Summer und rannte dann schnell zurück in ihr Zimmer, um die drei Paar schmutzigen Socken unter das Bett zu pfeffern, die seit dem Wochenende auf ihrem Teppich herumlagen. Dann flitzte sie zur Wohnungstür und riss sie auf.

„Hallo!", sagte Ludwig, lächelte leicht verlegen und vermied es angestrengt, auf Neles Pickel zu starren. „Ich komme zur ersten Nachhilfestunde."

„Und ich dachte schon, du hättest dein Angebot völlig vergessen. Hereinspaziert!"

Noch nie hatte Ludwig Nele besucht. Er folgte ihr in ihr Zimmer und schaute sich dort neugierig um. Die

Wände waren tapeziert mit Pferdepostern. Würde Ludwig einen Witz darüber machen?

Nein, er ließ sich an Neles Schreibtisch nieder und sagte: „Wir brauchen noch einen zweiten Stuhl."

„Okay."

Sie wollte in die Küche gehen, um einen Stuhl zu holen, aber als sie im Flur war, klingelte es schon wieder an der Tür.

„Mutti?", rief Nele in den Hörer der Sprechanlage.

„Nein, Hannah!"

Automatisch drückte Nele auf den Summer – und schlug sich dann mit der Faust auf den Oberschenkel. Warum hatte sie ihre Freundin nicht abgewimmelt? Hannah durfte Ludwig auf keinen Fall in Neles Zimmer sitzen sehen. Nele hörte schon Hannahs ätzende Sprüche.

Zögernd öffnete sie die Wohnungstür, allerdings nur einen Spaltbreit.

„Was ist?", wunderte sich Hannah. „Willst du mich nicht reinlassen?"

„Nein."

„Hä? Wieso nicht?"

„Weil – weil – äh –"

Wieso fiel einem nie eine Lüge ein, wenn man dringend eine brauchte?

„Ich räume gerade auf", schwindelte Nele.

„Kann ich dir dabei helfen?"

„Nicht nötig", sagte Nele.

Plötzlich ertönte Ludwigs Stimme aus ihrem Zimmer. „Wo bleibt denn der Stuhl?“

Vor Überraschung fielen Hannah fast die Augen aus dem Kopf. „Das hat sich ja angehört wie Ludwig. Was will der denn hier?“

„Mir Mathe beibringen.“

„Das lasse ich mir nicht entgehen!“, sagte Hannah, drückte die Tür auf und marschierte schnurstracks in Neles Zimmer.

Fünf Minuten später war der Unterricht in vollem Gang. Nele saß neben Ludwig am Schreibtisch, während Hannah es sich auf dem Bett gemütlich gemacht hatte und so tat, als würde sie ein Comic lesen. Aber Nele wusste natürlich genau, dass ihre Freundin sie und Ludwig keine Sekunde aus den Augen ließ und aufmerksam die Ohren spitzte. Bis jetzt hatte ihr Nachhilfelehrer allerdings kaum was gesagt. Hektisch blätterte er im Mathebuch herum, obwohl Nele ihm schon längst die richtige Seite gezeigt hatte.

„Also“, fing er schließlich an. „Es geht um die Hypnose.“

Nele schaute ihn verständnislos an. „Was?“

„Pass mal auf.“ Ludwig malte mit Bleistift und Geodreieck ein gleichschenkliges Dreieck aufs Papier. „Diese Gerade hier, das ist die Hypnose.“

Hannah brach in schallendes Gelächter aus. Mit einem bösen Blick brachte Nele sie zum Schweigen.

„Lass dich nicht ablenken“, sagte sie zu Ludwig.

„Okay. Die Hypnose liegt immer und grundsätzlich gegenüber dem rechten Winkel. Es gibt zwei Katheder. Ankatheder und Gegenkatheder. Der Ankatheder liegt am gesuchten Winkel – also hier. Und der Gegenkatheder liegt demnach – äh … " Er schaute Nele fragend an. „Na, was meinst du?"

„Dass du nicht den geringsten Schimmer von Mathematik hast!", schnaubte sie. „Ich verstehe ja selbst nicht besonders viel davon, aber immerhin weiß ich, dass es nicht Hypnose, sondern Hypotenuse heißt. Und ein Katheder hat nichts in einem Mathematikbuch verloren, sondern in einem Krankenhaus."

Unterdessen hatte Hannah wieder zu lachen angefangen. Sie krümmte sich auf dem Bett, hielt sich den Bauch und wieherte lauter als Michelangelo und Lancelot zusammen. Nele ließ sich von dem Gelächter anstecken und kicherte nun ebenfalls drauflos. Wie ein Häufchen Elend hockte Ludwig auf seinem Stuhl, knetete seine Finger und ließ dabei seine Blicke unruhig durchs Zimmer schweifen, ohne eins der Mädchen anzusehen.

Auf einmal stand er auf und murmelte: „Ich muss jetzt gehen."

In Windeseile verschwand er aus dem Zimmer, verfolgt von Neles und Hannahs Gelächter. Als sie hörten, wie die Wohnungstür zuknallte, erreichte ihr Lachanfall seinen Höhepunkt.

„Hypnose!", kreischte Hannah, der die Tränen über

die Wangen liefen. „Katheder! Das war die lustigste Nachhilfestunde, die ich je erlebt habe!"

„Stunde ist gut! Das war höchstens eine Minute."

Es dauerte eine ganze Weile, bis die Mädchen sich wieder beruhigt hatten. Als sie endlich wieder normal atmen konnten, fragte Hannah: „Und?"

„Und was?"

„Hast du diese Melissa gefragt wegen ihrem Pferd?"

„Ich hab mich nicht getraut", gab Nele kleinlaut zu.

„Macht nichts. Dann fahren wir jetzt zusammen zu ihr und fragen sie gemeinsam."

„Unmöglich!", sagte Nele. „Ich kann jetzt nicht abhauen."

„Nur ganz kurz", drängte Hannah. „Ihr Bauernhof ist doch nicht am Ende der Welt."

„Aber fast."

„Komm, wir beeilen uns. Spätestens in einer Stunde bist du wieder zu Hause. Denk an den Wanderritt!"

Dazu musste Nele nicht aufgefordert werden. Sie dachte sowieso an nichts anderes mehr. Abgesehen von der Mathearbeit natürlich.

Auf dem Weg zu Melissa wollte Hannah über Ludwig reden, aber Nele hatte keine Lust dazu. Sie wusste genau, was Hannah sagen wollte: dass er sich nur deshalb als Nachhilfelehrer angeboten hätte, weil er in Nele verknallt wäre. So einen Schwachsinn wollte Nele nicht hören.

Rauenstein war kein besonders großer Ort. Nach etwa zehn Minuten hatten die beiden Mädchen die letzten Häuser hinter sich gelassen und fuhren einen Feldweg entlang. Es war Zufall, dass Nele wusste, wo der Lindenhof war. Erst letzte Woche hatte sie einen langen Abendspaziergang mit ihren Eltern gemacht und war dabei zufällig am Lindenhof vorbeigekommen. Dort hatte sie Melissa zusammen mit einem bärtigen Riesen aus dem Stall kommen sehen.

Seit drei Monaten war Melissa nun schon auf Neles Schule, aber eine Freundin hatte sie immer noch nicht gefunden. Nele hatte schon öfter beobachtet, wie andere Mädchen mit Melissa ins Gespräch kommen wollten. Doch die hatte immer abgeblockt. Angeblich kam Melissa aus Hamburg. Ob dort alle Leute so seltsam waren wie Melissa, die offenbar mit niemandem was zu tun haben wollte?

Der Lindenhof, der kurz darauf in Sicht kam, bestand aus einem alten Wohnhaus mit schiefem Dach, einem großen Stall und zwei kleineren Gebäuden. Hühner liefen über den Hof, und hinter einem Zaun waren zwei Schweine zu sehen. Kühe musste es auch irgendwo geben, falls das laute Muhen nicht von Melissa oder ihren Eltern stammte. Ein Pferd konnten die Mädchen jedoch nirgends entdecken.

Eins der kleinen Gebäude war der Hofladen, wie eine bunte Tafel über dem Eingang verkündete. Die Tür stand offen.

Nele und Hannah stellten die Räder ab.

„Vorsicht!“, raunte Nele ihrer Freundin zu, bevor sie losmarschierten. „Melissa ist ganz schön schwierig.“

„So schwierig wie du?“, fragte Hannah, worauf Nele ihr die Zunge rausstreckte.

Sie betraten den Laden, der in Wirklichkeit nur ein Lädchen war. Neben einem langen, schmalen Tisch, der mit verschiedenem Gemüse beladen war, stand ein Kühlschrank mit Glastür, in dem Käse lagerte. Hinter dem Tisch stand Melissa. Sie war etwas größer als Nele und einen Kopf größer als Hannah und hatte ihre schulterlangen, hellbraunen Haare zu zwei Zöpfen geflochten. Ihre blauen Augen musterten die beiden Mädchen neugierig von oben bis unten.

„Hallo!“, sagte sie zwar nicht unfreundlich, aber ohne zu lächeln. „Was hättet ihr gerne?“

„Ich kenne dich!“, sagte Hannah. „Samstags stehst du immer mit deiner Mutter auf dem Markt. Bei euch gibt's den leckersten Käse in ganz Rauenstein.“

Falls sich Melissa über dieses Kompliment freute, ließ sie es sich nicht anmerken.

„Und ich kenne dich“, sagte sie zu Nele. „Du bist auf meiner Schule.“ Sie wandte sich an Hannah. „Du nicht.“

„Ich heiße Hannah. Und das hier ist meine beste Freundin Nele. Und du bist Melissa, hab ich Recht?“

„Ist doch egal, wer ich bin“, erwiderte sie leicht genervt. „Was wollt ihr denn? Radieschen? Tomaten? Blumenkohl?“

„Dein Pferd", platzte Nele heraus.

„Hab ich was an den Ohren?", fragte Melissa. „Oder hab ich eben tatsächlich Pferd verstanden?"

„Ja", sagte Hannah.

Und dann erzählte sie Melissa von dem Wanderritt und Michelangelo und der Mathearbeit und den Mietpferden in Herrn Knaupps Stall, die schon alle vergeben waren.

Melissa hörte ihr nicht besonders aufmerksam zu. Sie nahm drei Kartoffeln und jonglierte mit ihnen, ohne eine von ihnen fallen zu lassen.

„Und?", fragte Hannah, als sie fertig war. „Kriegen wir dein Pferd? Oder reitest du es jeden Tag von früh bis spät?"

„Schön wär's!", sagte Melissa. „Was meint ihr, wie viel Arbeit so ein Hof macht? Das Verkaufen im Laden und auf dem Markt ist noch das Leichteste von allem." Sie legte die Kartoffeln wieder zurück. „Habt ihr schon mal Kühe gemolken? Oder einen Schweinestall ausgemistet? Ihr würdet die Arbeit keinen einzigen Tag durchhalten, wetten?"

„Wetten doch?", hielt Nele dagegen.

Prompt hatte Hannah eine Idee. „Wie wär's, wenn wir dir eine Woche lang helfen? Dafür leihst du uns dein Pferd für den Wanderritt. Einverstanden?"

Nele erwartete, dass Melissa diesen Vorschlag rundheraus ablehnen würde. Aber sie sagte nur: „Das kann ich nicht entscheiden."

„Wer denn sonst?“, wollte Nele wissen.

„Amalia.“

„Ist das deine Muter?“, fragte Hannah.

„Nein, meine Stute. Sie ist sehr eigenwillig. Wenn Amalia euch nicht mag, könnt ihr die Sache vergessen.“

„Wo ist sie denn?“, erkundigte sich Nele.

„Kommt mit!“

Im Schlepptau von Melissa marschierten die beiden Freundinnen aus dem Laden. Sie überquerten den Hof und gingen um den Stall herum. Melissa stieß einen Pfiff aus, worauf ein fröhliches Wiehern ertönte. Der schönste Fuchs, den Nele je gesehen hatte, verließ den Schatten, den drei mächtige Linden ihm geboten hatten. Er trabte auf die Mädchen zu, die inzwischen am Zaun angekommen waren. Liebevoll strich Melissa ihm über die Nüstern. Dabei erschien ein breites Lächeln auf ihrem Gesicht, das Nele überraschte. Bis jetzt hatte sie Melissa immer nur mit mürrischer Miene erlebt.

„Das ist Amalia. Wie gefällt sie euch?“

„Super!“, rief Nele begeistert aus. „Und wir gefallen ihr anscheinend auch.“

Sie streckte ihre Hand aus, um den Fuchs zu streicheln, doch das Pferd zuckte sofort zurück.

Melissa lachte. „Tja, Amalia lässt sich nicht von jedem betatschen. Sie ist nämlich –“

Sie verstummte und lauschte. Ein Auto näherte sich dem Hof. Es wurde langsamer.

„Kundschaft!“, sagte Melissa. „Bin gleich wieder da!“

Sie flitzte zurück in den Laden. Es sah so aus, als würde Amalia ihr traurig hinterherschauen. Hannah bückte sich und rupfte etwas Gras ab.

„Hier ist was Leckeres für dich!“, rief sie dem Fuchs zu. „Komm doch mal her!“

Amalia schien sie falsch verstanden zu haben. Anstatt Hannahs Einladung anzunehmen, kehrte sie mit gesenktem Kopf zu den drei Linden zurück und blieb dort stehen, das Hinterteil den beiden Mädchen zugewandt.

„Na toll!“, stöhnte Nele. „Ich glaube, dieses Pferd können wir vergessen.“

„Blödsinn!“, widersprach Hannah. „Amalia muss uns erst mal richtig kennen lernen, dann wird sie uns schon mögen. Sag mal, weißt du eigentlich, wie das mit dem Melken funktioniert?“

Nele winkte ab. „Das ist kinderleicht. Die Kuh wird an eine Melkmaschine angeschlossen, und dann drückt man auf einen Knopf.“

„Echt?“, staunte Hannah. „Man macht sich nicht mal die Finger schmutzig?“

„Natürlich nicht. Wer melkt denn noch mit der Hand?“

4. Kapitel

Von wegen Melkmaschine!

Am nächsten Morgen, in aller Herrgottsfrühe, saßen Hannah und Nele auf zwei Melkschemeln vor einer Kuh und starrten voller Entsetzen auf das Euter.

„Mit – mit der Hand?", stammelte Hannah. „Hat Melissa wirklich gesagt, dass die Kuh mit der Hand gemolken wird?"

Nele gähnte. War sie jemals im Leben so früh aufgestanden? Um halb sechs hatte sie sich mit Hannah verabredet. Als sie gestern Abend ihre Eltern um Erlaubnis gebeten hatte, heute Morgen auf den Lindenhof fahren zu dürfen, hatten die nur gelacht.

„Wann willst du aufstehen? Um fünf?" Ihr Vater hatte sich lachend auf den Oberschenkel geschlagen. „Das schaffst du nie im Leben!"

Doch, sie hatte es geschafft. Leider. Wenn sie daran dachte, dass sie jetzt noch gemütlich in ihrem Bett liegen könnte, sank ihre Stimmung auf den Nullpunkt.

„Was machen wir denn jetzt?", fragte Hannah.

„Woher soll ich das denn wissen? Ich kenne mich nur mit Pferden aus. Und Michelangelo hat zum Glück kein Euter."

In der Nacht hatte Nele von Amalia geträumt. Sie war auf dem Fuchs an einem Strand entlanggeritten. Ganz nah am Wasser. Erst im Trab und dann in einem rasenden Galopp. Beim Aufwachen hatte sie sich geärgert. Warum war ihr Michelangelo nicht in dem Traum erschienen? Irgendwie hatte sie das Gefühl, ihn hintergangen zu haben.

Wieder musste Nele gähnen. Anschließend rümpfte sie die Nase.

„Dieser Geruch!", jammerte sie. „Haben die Kühe keine Nasen?"

In diesem Augenblick kam Melissa herein. Sie trug hohe Gummistiefel und eine total verdreckte Schürze und hatte einen Korb voller Eier in der Hand.

„Na, habt ihr schon angefangen?", fragte sie.

„Spinnst du?", grummelte Hannah. „Wir haben doch keine Ahnung, wo hinten und vorne ist bei so einem Euter. Wieso habt ihr keine Melkmaschine?"

„Wir sind ein Bio-Bauernhof", erklärte Melissa. „Hier wird alles noch mit der Hand gemacht. Und für zwei Kühe würde sich eine Melkmaschine nicht lohnen."

„Also, wo müssen wir drücken, damit die Milch rauskommt?", erkundigte sich Nele.

Melissa grinste. „Die ist schon längst draußen. Melken kann man nicht so einfach lernen. Ich hab's vorhin erledigt. Meine Mutter ist schon mit der Milch unterwegs, um sie an ein paar Bioläden in der Umgebung zu liefern."

„Und wo steckt dein Vater?"

„Auf der Baustelle. Wir können nicht alleine von dem Hof leben, deshalb muss mein Vater nebenbei als Schreiner arbeiten. Und ich helfe meiner Mutter vor der Schule, damit sie sich nicht alleine abrackern muss."

„Aha", machte Nele.

„Wieso hast du uns denn gesagt, dass wir die Kühe melken sollen?", fragte Hannah und erhob sich von dem Melkschemel.

„Ich wollte euch nur ein bisschen Angst machen", sagte Melissa. „Habt ihr schon die Hühner gefüttert?"

Die beiden Mädchen nickten.

„Und die Schweine?"

„Ja", gähnte Nele.

„Dann hilft mir jetzt eine von euch beim Ausmisten vom Schweinestall", kommandierte Melissa. „Und die andere bringt Amalia auf die Weide und mistet dann ihren Stall aus."

„Bin schon weg!", verkündete Nele, machte einen Satz vom Schemel und verschwand aus dem Stall, bevor sie Hannahs Maulen hören konnte: „Wieso du? Ich hab keine Lust auf Schweinereien!"

Melissas Kichern war auf dem ganzen Hof zu hören.

So gut gelaunt wie heute Morgen hatte Nele sie noch nie erlebt. Allerdings konnte sie sich inzwischen gut vorstellen, warum Melissa in den Pausen allein sein wollte. Sie war nicht mürrisch, sondern müde. Vermutlich hatte Melissa mehr als genug damit zu tun, die Augen aufzuhalten und deshalb keine Lust, mit ihren Klassenkameradinnen herumzualbern.

Nele wunderte sich darüber, dass sich Melissa nicht selbst um ihr Pferd kümmerte. Oder sollte das ein Test sein? Wollte sie herausfinden, ob sich der Fuchs von Nele auf die Weide bringen lassen würde?

Amalia war in einem der kleineren Gebäude untergebracht, das zwei Tore hatte. Eins davon war ein Doppeltor und führte direkt in Amalias Box. Die obere Hälfte war geöffnet, der Fuchs hatte seinen Kopf herausgestreckt und schaute Nele entgegen.

„Na, gut geschlafen?“, rief sie Amalia beim Näherkommen zu.

Die Antwort des Pferdes bestand darin, dass es sich ins Innere seiner Box verzog.

„Meine Güte!“, stöhnte Nele, als sie am Tor ankam. „Hast du Angst vor mir?“

Sie warf einen Blick in Amalias Box und staunte. Michelangelo hatte in seiner Box nicht halb so viel Platz. Allerdings lagen dort morgens auch nicht halb so viele Pferdeäpfel herum wie bei Amalia. Anstatt zu schlafen, hatte der Fuchs wohl die ganze Nacht große Geschäfte erledigt.

Das Pferd stand in der hintersten Ecke der Box und hatte Nele sein Hinterteil zugewandt. Genau wie gestern, als es vor Hannah und Nele unter die Linden geflüchtet war.

Seufzend nahm Nele das Halfter mit dem Seil von einem Haken an der Wand, öffnete die untere Torhälfte und betrat die Box. Sie schaute sich um und näherte sich Amalia von der Seite.

„Komm, sei lieb", redete sie mit sanfter Stimme auf die Stute ein. „Ich bin ganz harmlos. Das Halfter will ich dir nur anlegen, um dich nach draußen auf die Weide zu bringen. Hast du keine Lust auf ein bisschen frisches Gras?"

Nein, anscheinend nicht. So unbeweglich wie ein steinernes Pferdedenkmal stand Amalia da und rührte sich nicht von der Stelle. Als Nele versuchte, das Halfter über ihren Kopf zu streifen, zuckte die Stute zurück. Nele versuchte sie an der Mähne festzuhalten, doch Amalia war störrisch wie ein Esel und entwand sich mit einer heftigen Bewegung Neles Griff.

„Na schön, dann eben nicht", meinte sie enttäuscht und hängte das Halfter wieder an den Haken. „Von mir aus kannst du ruhig zuschauen, wie deine Box sauber gemacht wird."

Dazu brauchte Nele jedoch eine Mistgabel und eine Schubkarre. Und davon war hier nichts zu sehen.

Gähnend verließ sie die Box und ging zum anderen Stall hinüber. Unterwegs warf sie einen Blick auf die

Uhr. Zum Frühstück um sieben wollte sie wieder zu Hause sein. Ihr Magen knurrte so laut wie zehn Dobermänner.

Als sie in den Stall trat, hielt sie die Luft an. Igitt! Hier stank es ja noch schlimmer als im Kuhstall. Hannah war bestimmt schon in Ohnmacht gefallen.

Irrtum: Mit einer Mistgabel in der Hand lud sie frisches Stroh in eine Schubkarre.

„So was brauche ich auch“, sagte Nele.

„Was?“, fragte Hannah. „So einen ekelhaften Mief?“

Melissa kam vom anderen Ende des Stalls auf sie zu.

„Und?“, wollte sie von Nele wissen. „Hat Amalia sich von dir auf die Weide bringen lassen?“

Das mitleidige Lächeln von Melissa reizte Nele zu einer Lüge.

„Na klar“, behauptete sie betont locker. „Es gab überhaupt kein Problem.“

„Echt?“, wunderte sich Melissa. „Das hätte ich nicht gedacht.“

Hannah stieß ihre Freundin in die Seite. „Tja, Amalia mag dich halt.“

„Stimmt“, sagte Nele und wunderte sich, dass ihr nicht das Blut in den Kopf stieg.

Weil sie nicht weiter über das Pferd reden wollte, fragte sie schnell: „Gibt's hier noch mehr Mistgabeln und Schubkarren?“

„Natürlich.“

Eine Minute später kehrte Nele mit den beiden Geräten in Amalias Stall zurück. Während ihrer Abwesenheit hatte sich der Fuchs keinen Millimeter von der Stelle gerührt.

Eifrig machte Nele sich an die Arbeit. Bevor Hannah und Melissa mit dem Schweinestall fertig waren und hier bei Amalia auftauchten, musste das Pferd auf der Weide stehen.

Nachdem sie die Schubkarre mit Pferdeäpfeln beladen hatte, fuhr sie damit zum Misthaufen. Dann wurde das nasse Stroh ausgetauscht. Zum Schluss gab sie Amalia eine Lage Heu und füllte den Trog mit neuem Futter. Zwischendurch redete sie ständig mit der Stute, doch im Gegensatz zu ihren Gesprächen mit Michelangelo hatte Nele keine Sekunde lang das Gefühl, dass der Fuchs irgendwie darauf reagierte.

„So, und als Dankeschön für meine Arbeit lässt du dich jetzt schön brav auf die Weide führen“, sagte sie und nahm zum zweiten Mal das Halfter vom Haken.

Doch Amalia bedankte sich auf andere Weise: indem sie ein paar Äpfel fallen ließ.

„Oh nein!“, ärgerte sich Nele. „Ich hab deine Box doch so schön sauber gemacht! Na komm, dreh mir mal deinen Kopf zu! Sobald wir auf der Weide sind, bist du das Halfter wieder los. Großes Ehrenwort!“

Verzweifelt versuchte Nele immer wieder, der Stute das Halfter anzulegen. Ohne Erfolg. In Herrn Knaupps Stall gab es kein einziges Pferd, mit dem Nele solche Probleme hatte.

„Jetzt mach schon!“, fauchte sie schließlich wütend und stampfte dabei mit dem Fuß auf. „Wenn Melissa gleich hier auftaucht –“

„Nanu!“

Nele zuckte erschrocken zusammen und drehte sich um. Melissa und Hannah standen draußen vor der Box.

„Hat es ihr auf der Weide nicht gefallen?“, fragte Melissa. „Oder warum steht Amalia wieder in der Box?“

Statt darauf zu antworten, warf Nele ihr mit giftiger Miene das Halfter zu. Lachend betrat Melissa die Box, worauf sich die Stute prompt umwandte und die Stirn an ihrer Schulter rieb. Nachdem Melissa ihr Pferd begrüßt hatte, legte sie ihm das Halfter an. Nele und Hannah tauschten dabei ein süßsaures Lächeln.

„Ich habe Amalia als kleines Fohlen bekommen und selbst mit der Flasche aufgezogen“, erklärte Melissa. „Kein Wunder also, dass sie so sehr an mir hängt. Nicht mal von meinen Eltern will sie was wissen. Ich bin ihre beste Freundin.“

„Und umgekehrt“, meinte Nele. „Ich hab dich noch nie auf dem Schulhof mit anderen Mädchen reden sehen.“

Melissa sagte nichts dazu, sondern führte Amalia aus der Box.

„Den Wanderritt können wir abhaken“, zischte Hannah, als Melissa außer Hörweite war. „Dieses Pferd wird uns auch nächste Woche noch wie Luft behandeln. Wozu sollen wir jeden Morgen herkommen und Melissa bei der Arbeit helfen? Amalia kriegst du ja doch nicht."

„Wieso ich?", gab Nele gereizt zurück. „Wenn ich eine Drei schreibe, reite ich auf Michelangelo."

„Stimmt", sagte Hannah. „So ein Mist!"

„Welchen Mist meinst du? Den aus dem Schweinestall? Oder den Kuhmist?"

Hannah musste lachen. Und Nele musste gähnen.

5. Kapitel

Als Neles Wecker am nächsten Morgen um Punkt fünf Uhr klingelte, brachte sie ihn mit einem kräftigen Faustschlag zum Schweigen. Um sechs lag sie immer noch in den Federn. Erst um viertel vor sieben schaute sie wieder auf die Uhr – und sprang im Nu aus dem Bett und sauste in den Flur, um Hannah anzurufen. War die etwa alleine zum Lindenhof gefahren?

Von wegen! Hannahs Mutter erzählte Nele, dass ihre Freundin ebenfalls verpennt hatte.

In der Schule wurde sie von Melissa erstaunlich freundlich begrüßt.

„Ich wusste es“, sagte sie zu Nele. „So früh können nur richtige Bauernkinder aufstehen.“

„Damit ist die Sache mit Amalia also erledigt“, sagte Nele, worauf Melissa erwiderte: „Wieso? Habt ihr denn heute Nachmittag schon was vor? Hilfe können wir immer gebrauchen.“

Nach der Schule raste Nele schnell nach Hause, um

Hannah anzurufen. Die war nicht unbedingt begeistert von Melissas Vorschlag.

„Eigentlich wollte ich zu Michelangelo“, murrte sie. „Wann sollen wir denn auf dem Bauernhof sein?“

„Um halb fünf. Ich hol dich ab, okay?“

Kaum hatte sie aufgelegt, tauchte Neles Mutter aus der Küche auf.

„Was ist um halb fünf?“, wollte sie wissen. „Du hast doch gar keine Zeit, Nele! Denk an die Mathearbeit.“

„Ich werde gleich zwei Stunden büffeln, und danach kannst du mich testen. Wenn ich nicht gut gelernt habe, bleibe ich zu Hause. Einverstanden?“

„Hm“, machte ihre Mutter. „Na gut!“

Alles klappte super, das Lernen und der Test. Nele hätte also um viertel vor vier zu Hannah radeln können, um sie abzuholen. Doch leider kam etwas dazwischen: Michelangelo.

Als Nele nämlich auf dem Fahrrad saß, spürte sie ein seltsames Kribbeln im Magen. Was dieses Gefühl zu bedeuten hatte, wusste sie ganz genau. Das war die Sehnsucht nach ihrem Pferd!

Es kam ihr so vor, als hätte sie Michelangelo seit einer halben Ewigkeit nicht mehr gesehen. Und darum entschloss sie sich nach einem Blick auf die Uhr zu einem kurzen Abstecher auf den Reiterhof. Sie wollte Michelangelo nur mal kurz Hallo sagen. Wenn sie sich beeilte, würde sie Hannah noch rechtzeitig abholen können.

Wie der Wirbelwind jagte sie die Radwege entlang. Und im Wald drückte sie richtig auf die Tube. Mit kraftvollen Tritten ließ sie die Reifen qualmen. Sie überholte sogar einen keuchenden Radrennfahrer, dem vor Staunen fast der Unterkiefer auf den Lenker fiel, als Nele an ihm vorbeisauste.

Als der Reiterhof in Sicht kam, hielt Nele Ausschau nach Ludwig. Sie konnte sich denken, dass er wenig Lust hatte, ihr über den Weg zu laufen. Seit seinem peinlichen Auftritt als Nachhilfelehrer hatte sie ihn nicht mehr gesehen. Und auch jetzt konnte sie ihn nirgends entdecken, obwohl rund um den Stall jede Menge Betrieb war.

Ein paar Reiterinnen grüßten sie, als sie vom Rad stieg. Ein Mädchen namens Laura, das gerade die Mähne seiner Haflingerstute bürstete, fragte Nele, ob sie sich auch schon auf den Wanderritt freue. Nele nickte bloß und verschwand im Stall.

„Na, kennst du mich noch?“, begrüßte sie Michelangelo, als sie seine Box betrat.

Sie flog dem Wallach förmlich um den Hals und drückte ihn an sich. Dabei musste sie an Amalia denken. Wenn Nele auch nur den Versuch gemacht hätte, die Stute zu umarmen, wäre sie wahrscheinlich wie eine Rakete in die Luft gestiegen.

„Tut mir Leid!“, ertönte plötzlich eine bekannte Stimme hinter ihr.

Ludwig!

Er stand vor der Box, die Gerte in der Hand und die Reitkappe auf dem Kopf, und versuchte zu lächeln. Das wollte aber nicht so recht klappen.

„Letztens bei dir im Zimmer habe ich nur Unsinn geredet“, gab er kleinlaut zu. „Katheter und Katheten hätte ich niemals verwechseln dürfen. Ich bringe ja auch nicht Stufen und Hufe durcheinander.“

„Wieso hast du mir überhaupt Nachhilfe angeboten, wenn du selbst nichts davon verstehst?“, wollte Nele wissen.

„Ich verstehe ja was davon“, widersprach Ludwig. „Aber weil ich so aufgeregt war, habe ich nur Unsinn geredet.“

„Aufgeregt? Wieso denn?“

Ludwig zuckte die Schultern und blieb stumm. Anscheinend wusste er nicht, was er sagen sollte. Immer wieder verpasste er seinen Reitstiefeln kleine Schläge mit der Gerte. Wieso verschwand er nicht einfach?

Schließlich fragte er: „Gibst du mir denn noch eine Chance als Nachhilfelehrer? Dieses Mal würde ich mich auch richtig vorbereiten.“

„Ehrlich gesagt komme ich auch allein ganz gut zurecht“, erklärte Nele. „Einige Sachen, die ich noch nie kapiert hatte, finde ich inzwischen kinderleicht. Es ist so ähnlich wie beim Reiten. Früher konnte ich mir nicht vorstellen, jemals auf einem Pferd zu sitzen, ohne dass mir schwindlig wird. Mittlerweile fühle ich mich im Sattel wohler als in der Badewanne.“

„Das heißt also nein?“, hakte Ludwig nach. „Du brauchst mich nicht?“

„Im Augenblick nicht. Aber wenn sich daran was ändern sollte –“

Den Rest des Satzes konnte sie sich sparen, weil Ludwig davongestiefelt war, ohne sich zu verabschieden.

„Seltsamer Kauz!“, murmelte Nele, während sie Michelangelo über die Stirn strich. „Hat er keine anderen Sorgen als meine Mathearbeit?“

„Stör ich?“

Wer war denn das? Vor der Box stand eine junge Frau mit roten Locken, die Nele noch nie im Stall gesehen hatte. Sie trug ein weißes Hemd und dunkelblaue Jeans.

„Ich bin Daria, die Nichte von Herrn Knaupp“, stellte sie sich vor. „Und wer seid ihr beiden Hübschen?“

„Das ist Michelangelo. Und ich bin Nele.“

„Aha. Und wer war der arme junge Mann, den du eben abgeschoben hast?“

„Ich habe niemanden abgeschoben“, brummte Nele. „Ich habe Ludwig überhaupt nichts getan.“

„Das hat er sicher anders gesehen“, sagte Herrn Knaupps Nichte mit einem Lächeln. „Dieser Ludwig sah aus, als hättest du ihm das Herz gebrochen.“

„So ein Quatsch!“, protestierte Nele energisch. „Ich breche keine Herzen. Schon gar nicht die von Jungs. Wissen Sie, warum Ludwig so kläglich aus der Wäsche geschaut hat?“

Sie erzählte Daria kurz von der verunglückten Nachhilfestunde. Und von Ludwigs Bitte, ihm noch eine Chance zu geben.

„Und du glaubst allen Ernstes, dass Ludwig nicht in dich verknallt ist?", rief Daria belustigt aus, worauf Nele genervt die Augen verdrehte und sich wieder Michelangelo zuwandte. Kein Wunder, dass sie sich mit ihm besser verstand als mit jedem Menschen. Pferde konnten nämlich nicht so einen Unsinn reden wie diese Daria. Ludwig und verknallt! Der knallte höchstens seine Gerte auf seine Stiefel.

Nele warf einen Blick auf die Uhr. Oh nein! Durch das ganze Gequatsche hatte sie völlig vergessen, dass sie schon längst hätte abhauen müssen.

Sie verabschiedete sich schnell von Michelangelo.

„Musst du weg?", fragte Daria.

„Ja. Auf den Lindenhof. Kennen Sie den zufällig?"

„Natürlich. Ich hab lange genug hier gewohnt. Es gibt einen Reitweg dorthin, mitten durch den Wald."

„Kann man den auch mit dem Rad entlangfahren?"

„Wozu hast du ein Pferd?", fragte Daria zurück.

Nele zögerte keine Sekunde. Hannah würde zwar sicher schon da sein, wenn sie auf dem Lindenhof eintrudelte, aber dafür würde sie sich bestimmt über Michelangelo freuen.

Während sie das Pferd sattelte, ließ sich Nele von Daria ganz genau den Weg erklären. Am liebsten hätte sie alles aufgeschrieben, aber dazu fehlte die Zeit. Melissa und Hannah durften nicht glauben, dass sie sich vor der Arbeit drückte.

Als sie endlich im Sattel saß, wäre sie am liebsten gleich angaloppiert. Doch das war zu gefährlich. Michelangelo musste sich erst ein wenig im Schritt warm laufen, bevor er ein höheres Tempo gehen durfte. Sonst hätte er sich eine Zerrung holen können, und Nele wollte niemanden verletzen, weder Pferde noch Menschen.

Ein gebrochenes Herz!

Nele musste kichern bei diesem Gedanken. Warum sollte Ludwig sich ausgerechnet in sie verknallen? Es gab doch noch jede Menge anderer Mädchen auf dem Reiterhof. Und natürlich auch in Ludwigs Klasse. Ausgerechnet in Nele, die Kratzbürste vom Dienst, sollte er sich verguckt haben? Diese Daria wusste anscheinend nicht, wovon sie redete.

Michelangelo schien sich über den unverhofften Ausritt richtig zu freuen, das konnte Nele förmlich spüren. Auch ihr selbst machte es Spaß. Doch so richtig genießen konnte sie das Reiten nicht, weil sie sich auf den Weg konzentrieren und bei einigen Gabelungen auf die bunten Striche an den Bäumen achten musste. Sie sollte erst den grünen Strichen folgen und dann den roten. Aber an der vierten Gabelung gab es plötzlich keine roten mehr. Sie musste sich vertan haben.

Sie brachte Michelangelo, der inzwischen locker dahintrabte, zum Stehen, wendete ihn und ritt zurück.

Dabei schaute sie sich nach allen Seiten um, aber weit und breit war keine Menschenseele zu sehen.

Endlich fand sie den richtigen Weg, wie sie glaubte, doch an der übernächsten Gabelung waren die roten Striche schon wieder verschwunden. Zum Glück tauchte in diesem Moment ein älterer Mann mit einem Schäferhund auf. Nele sprach ihn an und fragte ihn nach dem Weg zum Lindenhof. Der Mann erklärte ihn ihr und ließ Nele die Wegbeschreibung zur Sicherheit noch einmal wiederholen. Nachdem sie sich bedankt hatte, ritt sie weiter.

Inzwischen war es kurz nach fünf und vom Lindenhof weit und breit nichts zu sehen. Sie und Michelangelo waren immer noch umzingelt von Bäumen und dichtem Gebüsch. Konnte es sein, dass sie sich komplett verirrt hatten?

Doch kurz darauf erkannte Nele zwischen den Ästen und Zweigen die Umrisse von Gebäuden, die sich tatsächlich als Wohnhaus und Ställe des Lindenhofs entpuppten. Beim Verlassen des Waldes sah Nele, wie Hannah gerade einen Strohballen über den Hof schleppte. Bei Neles Anblick riss Hannah die Augen auf und ließ den Ballen auf ihre Füße fallen.

„Das darf ja wohl nicht wahr sein!“, fauchte Hannah ihre Freundin an. „Ich schufte wie verrückt, während du gemütlich durch die Gegend reitest.“

„Das war kein gemütlicher Ritt“, beteuerte Nele. „Beinahe hätten wir uns im Wald verirrt.“

„Mir kommen die Tränen!“, meinte Hannah höhnisch. „Wolltest du mich nicht abholen?“

„Warum begrüßt du nicht erst mal dein Pferd?“, wunderte sich Nele. „Freust du dich nicht, Michelangelo zu sehen?“

„Der arme Kerl schwitzt ja wie verrückt“, meinte Hannah, worauf Nele aus dem Sattel stieg und sagte: „Dann werde ich ihn mal ein paar Runden führen.“

„Super!“, stöhnte Hannah. „Und ich darf mich weiter alleine abrackern.“

Melissa tauchte aus dem Hofladen auf und kam auf die beiden Mädchen zu.

„Ist das euer Michelangelo?“ Sie musterte ihn aufmerksam. „Der ist aber schön. Wo bist denn langgeritten, Nele?“

„Keine Ahnung“, gestand sie. „Quer durch den Wald. Hoffentlich finde ich nachher den Weg zurück.“

„Wieso du?“, meldete sich Hannah zu Wort. „Ich reite zurück, kapiert?“

„Jetzt streitet euch nicht!“, versuchte Melissa zu beschwichtigen. „Wollt ihr ein Käsebrötchen?“

„Gerne!“, antworteten Hannah und Nele im Chor und mussten dann lachen.

„Und Michelangelo bekommt ein paar leckere Möhren“, sagte Melissa und tätschelte seinen Hals. „Nachher werden wir mal testen, ob er bei Amalia besser ankommt als seine beiden Besitzerinnen.“

Sie zwinkerte ihnen zu und ging ins Haus.

6. Kapitel

Gnadenlos klingelte der Wecker drauflos. Nele stellte ihn knurrend aus und wollte weiterschlafen. Doch plötzlich fiel ihr das Versprechen ein, das sie Hannah gestern gegeben hatte. Weil ihre Freundin am Nachmittag allein auf dem Lindenhof gearbeitet hatte, wollte Nele heute Morgen auch allein zu Melissa fahren.

Mit winzigen Augen saß sie eine Viertelstunde später auf dem Fahrrad. Immerhin hatte sie eine Schüssel Müsli gegessen und eine Tasse Kakao getrunken. Sie wollte nicht zum Frühstück nach Hause fahren, sondern nach getaner Arbeit gemeinsam mit Melissa in die Schule radeln.

Dass Amalia sich gestern kein bisschen um Michelangelo gekümmert hatte, als der eine halbe Stunde lang auf ihrer Weide graste, war für keins der drei Mädchen sonderlich überraschend gewesen. Der Fuchs hob nicht mal den Kopf in Michelangelos Richtung, versuchte allerdings auch nicht, den fremden Besucher von seiner Koppel zu vertreiben. Anscheinend waren Amalia alle Wesen auf der Welt völlig gleichgültig – mit einer einzigen Ausnahme: Melissa. Ob das wirklich nur daran lag, dass Melissa die Stute mit der Flasche großgezogen hatte?

Niemand war zu sehen, als Nele auf dem Hof ankam. Sie stellte ihr Rad vor dem Hofladen ab. Dann ging sie zu dem Stall, in dem sich Amalias Box befand, und öffnete die obere Halbtür. Die Box war leer. Stand der Fuchs etwa schon auf der Weide? Nele schaute nach, konnte ihn aber nirgends entdecken.

Als sie zu ihrem Rad zurückkehren wollte, blieb sie plötzlich wie angewurzelt stehen und stieß einen lauten Schrei aus. Ein bärtiger Riese war um die Ecke des Schweinestalls gebogen und bei ihrem Anblick genauso erschrocken wie sie.

„Guten Morgen!“, sagte er freundlich, nachdem er tief durchgeatmet hatte. „Du musst Nele sein, stimmt's?“

Sie nickte. „Und Sie sind Melissas Vater. Ich habe Sie schon mal mit ihr zusammen gesehen, als ich mit meinen Eltern an Ihrem Hof vorbeispaziert bin.“

Der Mann schüttelte Nele die Hand und sagte: „Danke.“

„Wofür? Ich hab noch gar nichts getan.“

„Doch, du bist hier. Und das ist schon eine ganze Menge.“

„Hä?“, machte Nele verständnislos.

„Bis jetzt hat Melissa noch keinen richtigen Anschluss gefunden“, erklärte ihr Vater. „Der Umzug von Hamburg nach Rauenstein war sehr schwierig für sie. Schließlich musste sie in Hamburg ihre ganzen Freundinnen zurücklassen.“

„Hat sie überhaupt welche – abgesehen von Amalia?“

Melissas Vater schmunzelte. „Sie tut so, als wäre sie gern allein, aber das stimmt gar nicht. Vorhin beim Frühstück hat sie sich darauf gefreut, dass du kommst. Sie muss gleich wieder hier sein. Sie ist mit Amalia ausgeritten.“

Nele wusste nicht, was sie dazu sagen sollte. Melissas Verhalten kam ihr allzu bekannt vor. Sie selbst zeigte auch nicht gern ihre Gefühle und benahm sich deshalb oft kratzbürstig.

„Hilfst du mir bei den Schweinen?“, fragte Melissas Vater. „Viel ist nicht mehr zu tun.“

Sie folgte ihm in den Stall. Beim Ausmisten wechselten sie kaum ein Wort miteinander. Und das war auch besser so. Nele hatte Angst, dass Melissa sie von draußen belauschen könnte. Sie selbst wäre bestimmt böse auf ihren Vater gewesen, wenn er sich mit Hannah über sie unterhalten hätte.

„Und jetzt?“, fragte Nele, als sie fertig waren.

„Jetzt kannst du eine Runde reiten, wenn du möchtest“, rief Melissa von draußen.

Nele verließ den Stall. Zum ersten Mal sah sie Melissa auf Amalia sitzen. Sie trug eine Reitkappe, Jeans und halbhohe Stiefel. Lässig hockte sie im Sattel, der allerdings ganz anders aussah als Michelangelos. Auch die Zügel waren anders. Sie hingen nicht zusammen, sondern bestanden aus zwei einzelnen Lederriemen.

Bevor Nele den Mund öffnen konnte, sagte Melissa: „Das sind ein Westernsattel und Westernreitzügel. Aber du wirst sicher keine Probleme damit haben." Sie stieg ab. „Ich hatte nie richtig Unterricht. Du?"

„Ja. Bei Hannah. Und bei Michelangelo. Der hat mir alles beigebracht."

Melissa hielt Nele die Zügel hin.

„Hier, versuch es mal", forderte sie sie auf. „Morgens hat Amalia immer ganz gute Laune. Aber wundere dich nicht, wenn was passiert."

„Was soll denn passieren?", fragte Nele. „Dass sie mich abwirft?"

„Möglich ist alles."

Nele zögerte. Dass Amalia steigen würde, wenn sie im Sattel saß, konnte sie sich beim besten Willen nicht vorstellen. Schließlich war Amalia nicht bösartig, sondern nur gleichgültig. Genau wie Melissa. Die hatte auch noch nie jemanden angebrüllt auf dem Schulhof. Sie wollte bloß ihre Ruhe haben. Wenn Melissas Vater Recht hatte, war das aber bloß gespielt. Offenbar wollte Melissa nicht zeigen, wie sehr sie ihre alten Freundinnen vermisste und sich nach neuen Bekanntschaften sehnte.

Kurz entschlossen steckte Nele einen Fuß in den Steigbügel und schwang sich in den Sattel. Amalia rührte sich nicht vom Fleck.

„Sehr gut!“, freute sich Melissa, nahm die Kappe ab und gab sie Nele. „Hier, die wirst du brauchen!“

Nele setzte sich die Kappe auf. Dann wollte sie losreiten, doch jemand hatte was dagegen: Amalia. Was auch immer Nele mit den Zügeln oder Schenkeln veranstaltete – Amalia kümmerte sich nicht die Bohne darum. Stocksteif stand sie vor Melissa.

„Ach komm!“, forderte die ihr Pferd auf. „Stell dich nicht so an! Nele ist ein unheimlich nettes Mädchen. Also lass dich nicht lange bitten und setz dich endlich in Bewegung.“

Wie reagierte der Fuchs darauf? Gar nicht. Wenn Melissa im Sattel saß, gehorchte ihr das Pferd, doch ihre Worte beeindruckten es kein bisschen.

„Ich muss jetzt rein und mich für die Schule umziehen“, sagte Melissa nach einem Blick auf die Uhr. „Fahren wir zusammen?“

„Klar!“

Ein Lächeln huschte über Melissas Gesicht.

„Gib nicht so schnell auf!“, sagte sie, bevor sie zum Haus ging. „Vielleicht gehorcht sie dir ja doch noch.“

Von wegen! Weder gutes Zureden noch Schenkeldruck konnten dafür sorgen, dass die Stute ein paar Schritte machte.

Nachdem sie einen tiefen Seufzer ausgestoßen hatte,

wollte Nele aus dem Sattel steigen. Doch siehe da: Amalia setzte einen Fuß vor den anderen. Und dann noch einen. Und noch einen. Nele war so überrascht, dass sie fast das Gleichgewicht verlor. Sie versuchte den Fuchs zu lenken, aber das klappte nicht. Er suchte sich seinen eigenen Weg. Und wo führte er hin? Zu Neles Fahrrad, das vor dem Hofladen stand. Dort blieb Amalia stehen und ließ sich nicht mehr dazu überreden, noch ein paar Meter zurückzulegen.

„Aha, du willst mich loswerden“, sagte Nele. „Sehr nett von dir!“

Sie war gerade abgestiegen, als Melissa angerannt kam.

„Nicht zu fassen!“, rief sie verdattert aus. „Du bist ein Stück auf ihr geritten!“

„Reiten ist was anderes“, erwiderte Nele. „Aber immerhin hat sie sich ein wenig bewegt und mich nicht abgeworfen.“

„Weißt du was, Nele? Ich glaube, sie mag dich.“

„Ist ja auch kein Wunder!“, gab Nele grinsend zurück. „Schließlich bin ich ein unheimlich nettes Mädchen. Das hast du selbst gesagt.“

Prompt verdüsterte sich Melissas Miene. „So, hab ich das?“

„Vielleicht hab ich mich auch verhört.“

„Nein, hast du nicht“, sagte Melissa leise und drehte Nele den Rücken zu, um ihr Fahrrad zu holen.

7. Kapitel

Am Nachmittag war statt Pferde mal wieder Büffeln angesagt. Und anschließend war Nele hundemüde und ließ sich einfach aufs Bett fallen. Sie schlief sofort ein.

Als sie aufwachte, war sie überzeugt, mindestens fünf Stunden geschlafen zu haben, doch es waren gerade mal vierzig Minuten gewesen. Gähnend stand sie auf, schleppte sich an ihren Schreibtisch, hockte sich auf den Stuhl und griff nach dem Mathebuch.

„Das ist nicht dein Ernst, mein Schatz!"

Nele drehte sich um. Ihre Mutter stand in der Tür und schüttelte den Kopf.

„Wovon redest du, Mutti?"

„Sieh mal hinaus: strahlend blauer Himmel. Willst du nicht einen kleinen Ausflug zum Reiterhof machen?"

Nele traute ihren Ohren kaum. „Wie war das? Ich denke, ich soll für die Mathearbeit üben."

„Aber doch nicht den ganzen Nachmittag. Mit allem

musst du übertreiben. Willst du nicht ein bisschen frische Luft schnappen? Danach fällt dir das Lernen sicher leichter."

„Na schön, wenn's unbedingt sein muss ..."

Als sie aufstand, um in ihre Turnschuhe zu schlüpfen, fragte ihre Mutter: „Was ist denn jetzt mit dem Pferd von diesem Bauernhof? Bekommt ihr es für den Wanderritt oder nicht?"

„Da musst du das Pferd fragen. So ein seltsames Tier ist mir noch nie begegnet."

Und so ein seltsames Mädchen auch nicht. Heute Morgen auf dem Weg zur Schule hatte Melissa kaum ein Wort mit Nele gewechselt. Und später in den Pausen war sie ihr sogar regelrecht aus dem Weg gegangen. Ob Melissa der Satz mit dem unheimlich netten Mädchen peinlich gewesen war?

Kurz darauf saß Nele auf dem Rad und fuhr zum Reiterhof. Eilig hatte sie es nicht, weil Hannah bestimmt noch mit Michelangelo unterwegs war. Wäre es da nicht klüger, zum Lindenhof zu fahren und noch einmal zu versuchen, auf Amalia zu reiten? Nele sah Melissas mürrisches Gesicht vor sich, mit dem sie sich heute nach der Schule von ihr verabschiedet hatte. Nein, darauf hatte sie jetzt keine Lust.

Warum fiel es manchen Menschen so schwer, ihre Gefühle zu zeigen? Nele dachte dabei nicht nur an Melissa, sondern auch an sich selbst. Und an den Beginn ihrer Freundschaft mit Hannah. Die war Nele von Anfang an schrecklich sympathisch gewesen, aber genau das hatte sie vor Hannah verbergen wollen und behandelte sie deshalb alles andere als freundlich. Hannah war nicht eingeschnappt gewesen. Sie hatte nämlich gespürt, dass Nele sie trotz der patzigen Sprüche, die sie ständig von sich gab, richtig gut leiden konnte.

Als Nele den Wald erreichte, entdeckte sie über sich ein paar dunkle Wolken. Hatte ihre Mutter nicht eben vom blauen Himmel geschwärmt? Zu sehen war davon kaum noch was.

Plötzlich bremste Nele und spitzte die Ohren. Hufgetrappel war zu hören. Ein Pferd kam im Trab näher. Kein Zweifel: Das war Michelangelo! Eindeutig erkannte Nele sein Getrappel.

Doch Pustekuchen!

Niemand anderer als Ludwig kam da angeritten. Und er saß natürlich nicht auf Michelangelo, sondern auf Lancelot.

Ludwigs Haltung war genauso stolz wie die seines Pferdes. Stur nach vorne schauend, saß er so gerade im Sattel, als hätte er eine Mistgabel verschluckt. Nele rechnete damit, dass er an ihr vorbeitraben würde, ohne sie zu beachten. Und das wäre ihr auch lieber gewesen, als mit ihm zu reden.

Das gebrochene Herz …

Als ihr diese Worte von Herrn Knaupps Nichte einfielen, rutschte ihr das eigene Herz in die Hose. Ja, sie hatte richtig Angst. Und zwar davor, dass Ludwig aus dem Sattel springen und sich vor sie hinknien könnte, um eine superpeinliche Liebeserklärung loszuwerden.

Der schwarze Vollblutaraber kam direkt auf Nele zu, als der Kopf seines Reiters auf einmal herumfuhr. Ludwig riss die Augen auf – und brachte Lancelot sofort zum Stehen.

Oh nein! Nele spürte, wie ihr das Blut in die Wangen schoss. Ludwig dagegen war leichenblass, stellte sie fest.

„Musst du nicht Mathe üben?“, fragte Ludwig, dessen Reitstiefel so glänzten, dass man sich darin spiegeln konnte.

„Nein“, antwortete Nele und tätschelte dabei Lancelots Hals. „Ich muss zum Reitstall fahren, um frische Luft zu schnappen. Meine Eltern können sich einfach nicht entscheiden, was sie eigentlich von mir wollen.“

„Michelangelo ist mit Hannah im Wald“, sagte Ludwig. „Und zwar in einer ganz anderen Gegend, wo sie sonst nie reitet.“

Ob sie auf dem Weg zum Lindenhof war?

„Aber wenn du willst, kannst du auf Lancelot reiten“, schlug Ludwig vor.

Nele war baff. „Und du?“

„Ich reite auf deinem Stahlross.“

„Wieso?“

„Worauf soll ich denn sonst reiten? Auf einem Ast?“

„Ich meine, wieso darf ich auf Lancelot reiten?“, fragte Nele.

Statt zu antworten, saß Ludwig ab und bot Nele die Zügel an. Ehe sie zugriff, wiederholte sie ihre Frage: „Wieso darf ich auf Lancelot reiten?"

„Wieso nicht?", entgegnete Ludwig schulterzuckend.

„Früher hast du schon einen Anfall bekommen, wenn wir dein geliebtes Pferd nur gestreichelt haben."

„Tja, da kannte ich euch noch nicht so gut. Jetzt weiß ich ja, dass ihr – dass ihr – na ja, dass ihr reiten könnt."

„Reiten können viele", sagte Nele. „Aber in Lancelots Sattel darf trotzdem nur einer: du."

„Meine Güte!", schnaubte Ludwig. „Was ist denn jetzt? Willst du reiten oder nicht?"

Na klar wollte Nele! Dieses Angebot durfte sie sich auf keinen Fall entgehen lassen.

Vor Aufregung zitterten ihre Knie, als sie in Lancelots Sattel stieg. Prompt hatte sie ein schlechtes Gewissen wegen Michelangelo. Irgendwie hatte sie das Gefühl, sie würde ihn betrügen. Obwohl das Quatsch war! Michelangelo war ihr Lieblingspferd und würde es bis zum Ende aller Zeiten auch bleiben. Aber niemand konnte bestreiten, dass Lancelot nun mal ein außergewöhnlich edles und schönes Pferd war, nicht mal Michelangelo.

Sie lenkte Lancelot zurück auf den Reitweg. Was für ein Unterschied zu heute Morgen! Im Gegensatz zu

Amalia reagierte Lancelot auf die kleinste Andeutung eines Kommandos. Dabei machte er einen solch stolzen Eindruck, als würde er sich von niemandem seinen Willen aufzwingen lassen. Amalia hingegen wirkte äußerlich so brav wie ein Lamm, gehorchte aber keinem Befehl, der nicht von Melissa kam.

Hm, was gefiel Nele besser?

Sie hatte jetzt keine Zeit, darüber nachzudenken. Sie wollte jede Sekunde auf Lancelots Rücken genießen. Unglaublich, mit welch eleganten Bewegungen er den Weg entlangtrabte! Nele konnte es zwar von oben nicht sehen, aber dafür umso deutlicher spüren, dass er leicht wie eine Feder über den Boden schwebte.

„Und?“, hörte sie Ludwig rufen, den sie schon total vergessen hatte.

Als Nele ihn auf ihrem Rad sitzen und in die Pedale treten sah, konnte sie sich das Lachen nicht verkneifen. Es sah aber auch zu ulkig aus, wie Ludwig in seinen teuren Reitklamotten auf dem Mädchenrad hockte.

„Und?“, rief sie zurück. „Was ist das für ein Gefühl, auf so einem tollen Stahlross zu sitzen?“

Seine Antwort bestand darin, dass er dreimal klingelte.

„Und wie ist es auf Lancelot?“, wollte er dann wissen.

„Himmlisch!“, schwärmte Nele. „Fast so schön wie auf Michelangelo“, fügte sie hinzu, was Ludwig seltsamerweise nicht zu einer spöttischen Bemerkung reizte. Was war bloß los mit ihm?

Na, was wohl ...

Die Grübeleien über Ludwig hinderten Nele daran, sich voll und ganz auf Lancelot zu konzentrieren. Immer wieder warf sie dem Jungen auf ihrem Rad einen Seitenblick zu. Wieso grinste er die ganze Zeit vor sich hin?

Schließlich wurde es Nele zu bunt. Sie brachte Lancelot zum Stehen, worauf Ludwig sofort auf die Bremse trat.

„Was ist los?“, fragte er. „Hat Lancelot gescheut?“

„Nein, ich wollte dich nur mal was fragen.“

Er runzelte die Stirn. „Was denn? Hat es was mit Mathematik zu tun?“

„Eher mit dir. Und mir.“

„Ich verstehe kein Wort“, sagte Ludwig und senkte dabei den Blick auf seine Stiefelspitzen.

„Bist du in mich verknallt oder nicht?“

Die Frage kam für Ludwig mindestens genauso überraschend wie für Nele selbst. Bevor sie sie tatsächlich ausgesprochen hatte, hätte sie nicht geglaubt, den Mut dafür zu haben.

„Wie war das?“, fragte der Junge, ohne den Kopf zu heben.

„Du hast mich schon verstanden.“

„Nein!“, knurrte Ludwig, trat hastig in die Pedale und radelte davon.

Nein? Was meinte er damit? Dass er Nele nicht verstanden hatte? Oder dass er nicht in sie verknallt war?

„Ach, Lancelot!", seufzte Nele und fuhr mit einer Hand durch seine Mähne. „Warum sind Menschen viel komplizierter als Tiere?" Sie schnaubte. „Ich weiß schon, was du sagen willst: Weil sie reden können und trotzdem nie sagen, was sie meinen!"

Es fing an zu regnen. Im flotten Trab legte der Araber den Weg zum Reitstall zurück.

8. Kapitel

Wochenende!

Das war Neles erster fröhlicher Gedanke, als sie am nächsten Morgen die Augen aufschlug. Sie streckte sich und rollte sich dann auf die andere Seite, um noch eine Runde zu schlafen.

Doch tausend Gedanken sorgten dafür, dass sie keine Ruhe mehr fand. Zum Beispiel der Gedanke an Ludwig. Und der an die Mathearbeit. Und vor allem der Gedanke daran, dass sie auch heute auf dem Lindenhof schuften musste.

Beim Aufstehen versuchte sie sich an den Traum von heute Nacht zu erinnern. Pferde waren nicht darin vorgekommen. Jungs auch nicht. Aber jede Menge Schweine, die sich im Dreck wälzten. Und Kühe mit prall gefüllten Eutern. Und ein Misthaufen.

Beim Frühstück erfuhr Nele von ihren Eltern, dass die beiden heute ihre Oma in Darmstadt besuchen wollten.

„Du kannst gerne mitkommen“, sagte ihr Vater. „In Omas Gartenhäuschen macht dir das Büffeln vielleicht mehr Spaß als hier zu Hause.“

„Büffeln macht nie Spaß, weder auf dem Klo noch auf einer Südseeinsel“, gab Nele zurück, während sie ihr Brötchen mit Honig beschmierte.

„Aber sitz bitte nicht den ganzen Tag in deinem Zimmer herum“, sagte ihre Mutter. „Deine Gehirnzellen brauchen frische Luft.“

„Und mein Hintern braucht einen Sattel“, erwiderte Nele.

„Hoffentlich reitest du heute nicht wieder auf diesem schweineteuren Araber“, meinte ihr Vater. „Wenn du an dem was kaputtmachst, können wir die Reparatur garantiert nicht bezahlen.“

„Ich mache keine Pferde kaputt!“, erklärte Nele empört. „Und auch keine Herzen!“

Ihre Eltern wechselten einen verständnislosen Blick.

„Herzen?“, wiederholte ihr Vater. „Meinst du Lebkuchenherzen?“

Nele schüttelte den Kopf. Nein, so süß wie Lebkuchen fand sie Ludwig nicht. So ein Jammer, dass er gestern nicht klar und deutlich auf ihre Frage geantwortet hatte! Jetzt wusste Nele immer noch nicht, ob er in sie verknallt war oder nicht. Würde sie das jemals herauskriegen?

Eine Stunde später verabschiedeten sich Neles Eltern und ließen sie allein in der Wohnung zurück. Nele setzte sich mit ihrem Mathebuch ins Wohnzimmer, schaltete den Fernseher ein und drehte den Ton aus. Wenn sie keine Lust mehr hatte, die Zahlen und Formeln anzustarren, schaute sie ein paar Minuten lang auf den Bildschirm.

Ihre eigenwillige Lernmethode wurde unterbrochen, als das Telefon klingelte. Hannah war am Apparat.

„Ich will nicht!“, maulte sie.

„Was?“

„Um zwei Uhr zum Lindenhof fahren. Das ist doch total sinnlos. Niemals wird Amalia eine von uns auf sich reiten lassen.“

„Hast du es überhaupt schon versucht?“, fragte Nele.

„Mir reicht, was du mir von deinem Versuch erzählt hast. Melissa nutzt uns als kostenlose Arbeitskräfte aus.“

„Blödsinn!“

„Stimmt es eigentlich, dass du gestern auf Lancelot geritten bist?“, wechselte Hannah plötzlich das Thema. „Das hat mir jemand auf dem Reiterhof erzählt, als ich mit Michelangelo zurückkam.“

„Ja, das stimmt.“

„Und?“

„Und was?“, fragte Nele gereizt. Sie wusste genau, worauf ihre Freundin hinauswollte.

„Wieso hat Ludwig dir das erlaubt? Aus demselben Grund, weshalb er dir Nachhilfeunterricht geben wollte?“

„Was war denn der Grund dafür, hä?"

Hannah kicherte. „Das weißt du doch genau."

„Nein, weiß ich nicht!"

„Erzähl schon, Nele!" Hannah hörte nicht auf zu lachen. „Wie war es gestern mit Ludwig?"

„Wie immer. Er hat mir Blumen geschenkt und mich geküsst und mir gesagt, dass er mich liebt. Und dann hat er gefragt, ob ich ihn heiraten möchte."

Jetzt war es in der Leitung mucksmäuschenstill. Falls Hannah nicht vor Entsetzen der Hörer aus der Hand gefallen war, musste sie die Luft anhalten. Denn nicht mal ein Atmen war zu hören.

„Hallo! Bist du noch dran?", erkundigte sich Nele vorsichtig.

„Hat er dich wirklich – ich meine – du und Ludwig, ihr – ihr küsst euch?"

„Spinnst du?"

„Dann verzapf doch nicht so einen Schwachsinn!"

Hannah schimpfte noch eine Weile, erklärte dann, dass sie auf keinen Fall zum Bauernhof kommen würde, und legte auf, ohne sich richtig von ihrer Freundin zu verabschieden.

Als Nele jedoch um viertel nach zwei auf dem Lindenhof eintrudelte, sah sie Hannahs Fahrrad vor dem Hofladen stehen. Sie stellte ihr Rad daneben ab und betrat den Laden.

„Hereinspaziert, junge Dame!", begrüßte Hannah sie übertrieben freundlich. „Was darf es denn sein? Vier

Kilo von diesen verschrumpelten Kartoffeln? Oder eine total krumme Salatgurke?“

„Wo ist Melissa?“

„Noch mit ihrer Mutter auf dem Markt. Heute ist doch Samstag. Ihr Vater ist gerade ins Haus gegangen, um seinen Bruder anzurufen. Ihm ist nämlich eingefallen, dass der heute Geburtstag hat.“

„Und wo ist Amalia?“

„Die sitzt in der Badewanne und liest Harry Potter. Wo soll sie schon sein? Auf der Weide natürlich. Zusammen mit den Kühen. Falls du reiten willst, setz dich lieber auf eine Kuh.“

In diesem Moment kehrte Melissas Vater zurück in den Laden. Nachdem er Nele begrüßt hatte, schaute er auf die Uhr und sagte: „Melissa und meine Frau müssten eigentlich schon zurück sein. Warum geht ihr nicht zu Amalia und besticht sie mit ein paar Leckereien? Dann lässt sie euch vielleicht auf ihren Rücken.“

Er nahm eine Hand voll Möhren vom Ladentisch und gab sie Nele. Gemeinsam mit ihrer Freundin verließ sie den Laden.

„Warum ist Melissa nicht genauso nett wie ihr Vater?“, wunderte sich Hannah.

„Sie ist doch nett. Auf ihre Art zumindest.“

Als sie am Weidezaun ankamen, war von Amalia weit und breit nichts zu sehen. Schließlich entdeckte Hannah den Fuchs im Schatten hinter den Weiden. Er lag im Gras.

„Ist das ein Pferd oder ein Faultier?“, spottete Hannah. „Michelangelo habe ich noch nie um diese Uhrzeit auf der Weide herumliegen sehen.“

„Michelangelo ist ja auch was ganz Besonderes.“

„Und zwar so besonders, dass du lieber auf Lancelot reitest.“

„Tu ich nicht!“, widersprach Nele heftig.

„Du reitest nicht gern auf Lancelot?“, hakte Hannah mit ungläubiger Miene nach.

„Doch“, gab Nele zu. „Aber auf Michelangelo zu reiten ist trotzdem das Größte für mich. Wo warst du eigentlich gestern mit ihm? Hier auf dem Lindenhof?“

„Bist du verrückt? Was soll ich denn hier, wenn ich nicht schuften muss? Ich wollte mal ein paar andere Wege reiten als immer nur dieselbe Strecke. Die kenne ich in- und auswendig. Und Michelangelo auch.“

„Mir ist ganz egal, wo ich mit ihm reite“, sagte Nele. „Hauptsache, ich reite.“

Eine Kuh kam ganz dicht an sie heran. Ob sie die Möhren roch?

„Ich habe eine Idee“, sagte Hannah. „Ich hole den Sattel und die Trense aus dem Stall. Dann gehen wir zu Amalia. Während du sie fütterst, sattle und trense ich sie und steige auf.“

„Und dann?“

„Dann werden wir ja sehen, was passiert.“

„Okay.“

Ehrlich gesagt glaubte Nele nicht mal, dass sie es

schaffen würden, Amalia zum Aufstehen zu bewegen. Trotzdem folgte sie ihrer Freundin über die Weide, die mit Kuhfladen übersät war. Hannah und Nele mussten Slalom laufen, um ihre Schuhe einigermaßen sauber zu halten. Außerdem wimmelte es hier von Fliegen.

„Bin ich froh, dass ich keine Kuh bin!“, sagte Hannah. „Sonst müsste ich den ganzen Tag hier rumstehen. Und wo würde ich als Dankeschön dafür am Ende landen? Als Schnitzel auf einem Teller! Wieso sind wir eigentlich keine Vegetarier?“

„Weil Leberwurst so wahnsinnig gut schmeckt.“

Amalia hob nur kurz den Kopf, als die beiden Mädchen vor ihr standen. Nele hielt ihr eine Möhre vor die Nüstern, die prompt in Bewegung gerieten. Die Stute wollte sich die Möhre schnappen, doch Nele zog sie schnell wieder weg. Dann entfernte sie sich ein paar Schritte von Amalia.

„Komm her!“, versuchte sie das Pferd zu locken. „Saftige Möhren aus biologischem Anbau! Du wirst begeistert sein, Amalia!“

Nicht zu fassen: Der Fuchs erhob sich tatsächlich und bewegte sich auf Nele zu. Kaum hatte Amalia die Möhre im Maul, legte Hannah ihr vorsichtig Decke und Sattel auf. Die Stute zuckte zwar kurz zusammen, blieb aber stehen. Wahrscheinlich wegen der restlichen Möhren in Neles Hand. Die nächste bekam Amalia, als Hannah den Sattelgurt festzog.

„Und wie willst du das mit der Trense machen?“,

fragte Nele. „Wenn du ihr das Gebiss reinschiebst, kann Amalia nicht kauen."

„Vielleicht schaffen wir es zwischen zwei Möhren", meinte Hannah. „Ich beeile mich. Los, gib ihr eine!"

Und schon knabberte Amalia auf der nächsten Rübe herum. Als sie aufhörte zu kauen, streifte Hannah ihr blitzschnell das Zaumzeug über und schob ihr das Gebiss ins Maul. Bevor der Fuchs sich dagegen wehren konnte, stopfte Nele ihm eine neue Möhre zwischen die Zähne. Das Metallstück im Maul erschwerte natürlich das Kauen, aber Amalia schien es trotzdem zu schmecken.

„Jetzt habe ich nur noch zwei Stück", sagte Nele.

„Dann heb sie auf, bis ich im Sattel sitze." Hannah schob ihren linken Fuß in den Steigbügel. „Drück mir die Daumen, dass ich nicht abgeworfen werde und in einem Kuhfladen lande."

„Keine Angst."

Lammfromm blieb Amalia stehen, als Hannah sich in den Sattel schwang. Erst lächelte sie, doch dann schaute sie reichlich hilflos drein. Den Grund dafür konnte Nele sich denken.

„Wo ist denn bei der das Gaspedal?", fragte Hannah.

Nele grinste. „Tja, bis in den Sattel habe ich's auch schon geschafft. Aber dann hat Amalia gemacht, was sie wollte."

„Vielleicht macht sie heute, was die Möhren ihr sagen. Geh doch mal ein Stück."

Sobald sich Nele in Bewegung setzte, folgte ihr Amalia wie ein Schatten.

„Super!", freute sich Hannah. „Ich brauche keine Trense, sondern eine Angel, an der eine Möhre baumelt. Wenn ich die vor Amalias Nase halte, kann ich reiten, wohin ich will."

„Aber dumm ist sie bestimmt nicht", gab Nele zu bedenken. „Wenn ich ihr nicht schleunigst eine Möhre gebe, hört sie bestimmt bald auf, mich zu verfolgen."

„Kann sein. Wie wär's mit etwas Trab?", schlug Hannah vor.

„Bei der Hitze?"

„Stell dich nicht so an!"

Nele steckte die Möhren in ihre Hosentasche und fing an zu laufen. Zunächst blieb Amalia vor Überraschung wie angewurzelt stehen. Doch dann startete sie durch und trabte hinter Nele her. Im Zickzack rannte Nele um die Fladen herum, die von Millionen Fliegen belagert wurden. Die Kühe ließen sich von dieser seltsamen Verfolgungsjagd nicht beim Grasen stören. Nur eine hüpfte erschrocken zur Seite, als Nele und Amalia auf sie zugeflitzt kamen.

„Und jetzt Galopp!", forderte Hannah.

„Bist du verrückt?", keuchte Nele. „Ich kann jetzt schon nicht mehr."

„Im Sportunterricht musst du noch viel schneller laufen."

Obwohl Nele schon ins Schwitzen gekommen war, legte sie noch einen Zahn zu, bis der Fuchs in den Galopp übergehen musste, um ihr auf den Fersen bleiben zu können.

„Was soll der Blödsinn?“, kreischte plötzlich eine helle Stimme.

Nele schaute hinüber zum Zaun und blieb stehen. Amalia dagegen hörte nicht auf zu galoppieren, wechselte aber die Richtung. Mit raschen Schritten folgte Nele ihr zum Zaun. Dort stand eine offenbar nicht besonders gut gelaunte Melissa und würdigte ihr Pferd keines Blickes, als es vor ihr stoppte. Stattdessen durchbohrte sie Hannah mit einem wütenden Blick.

„Was fällt dir ein?“, brüllte sie Hannah an. „Wer hat dir erlaubt auf meinem Pferd zu reiten?“

„Dein Vater“, sagte Hannah.

„Der hat überhaupt nichts zu bestimmen“, schnaubte Melissa. „Amalia gehört mir, kapiert? Mir ganz allein!“

„Reg dich ab!“, mischte Nele sich ein, die inzwischen den Zaun erreicht hatte. „Du hast doch gestern auch nichts dagegen gehabt, dass ich auf Amalia reite.“

„Das war was ganz anderes“, meinte Melissa. „Los, steig ab!“

Hannah blieb störrisch im Sattel sitzen.

„Hast du was an den Ohren?“, zischte Melissa.

„Mein Gott!“, stöhnte Nele. „Was soll diese Streiterei? Du hast doch selbst gesagt, dass du uns Amalia ausleihen willst, wenn sie uns mag. Wie soll sie uns denn mögen, wenn wir uns ihr nicht nähern dürfen?“

„Genau!“, sagte Hannah. „Wozu sollten wir denn heute überhaupt vorbeikommen außer zum Reiten? Dein Vater hat gesagt, dass die ganze Arbeit für heute schon erledigt ist.“

„Auf einem Bauernhof gibt's immer Arbeit!“, behauptete Melissa.

„Ich weiß, warum du so giftig bist“, sagte Hannah. „Du bist sauer, weil ich Amalia dazu gebracht habe, über die Weide zu galoppieren.“

Mit einem verschwörerischen Blick bat Hannah Nele, die Möhren nicht zu erwähnen.

„Das ist mir völlig egal“, behauptete Melissa. „Von mir aus kannst du auf Amalia bis zum Nordpol galoppieren. Aber nur dann, wenn ich es dir erlaubt habe. Ihr überlasst euren Michelangelo doch auch nicht jedem, oder?“

„Natürlich nicht“, sagte Hannah. „Und jetzt verrate uns endlich, wieso wir heute auf den Hof kommen sollten. Hattest du so große Sehnsucht nach uns?“

Nele wusste sofort, dass es auf Hannahs Frage nur eine Reaktion geben konnte: einen Wutanfall von Melissa. Und sie täuschte sich nicht. Eine gefährliche Falte erschien auf Melissas Stirn, während das Blut aus ihren Wangen wich.

„Sehnsucht?“ Melissas Stimme überschlug sich fast vor Zorn. „Nach euch? Bist du noch ganz dicht?“

Hannah wollte etwas darauf erwidern, aber Nele zupfte an ihrer Hose und sagte: „Komm, wir hauen ab.“

„Wieso?“

„Los, gehen wir“, sagte Nele.

„Jawohl, verschwindet!“, schrie Melissa mit geballten Fäusten. „Und lasst euch nie wieder hier blicken! Wahrscheinlich werde ich vor Sehnsucht nach euch sterben, aber wehe, ihr kommt zu meiner Beerdigung!“

Wortlos stieg Hannah aus Amalias Sattel und verließ in Neles Schlepptau die Weide. Keins der beiden Mädchen schaute sich nach Melissa um, als sie zu ihren Rädern gingen.

„Na, wie war's?“, rief Melissas Vater aus dem Laden.

„Ganz toll!“, rief Hannah zurück und stieg auf ihr Rad.

Den ersten Kilometer legten Nele und Hannah schweigend zurück. Als sie die Stadt erreicht hatten, mussten sie an einer roten Ampel halten. Nele holte eine Möhre aus ihrer Hosentasche und bot sie Hannah an. Die schüttelte den Kopf.

„Alles, was mit diesem dämlichen Hof zu tun hat, schmeckt mir nicht!“, grummelte sie.

„Verstehst du nicht, was mit Melissa los ist? Das mit der Sehnsucht hättest du nicht sagen sollen.“

„Wieso nicht?“

„Weil es stimmt“, sagte Nele. „Sie mag uns wirklich gern.“

„Ach nee! Und warum hat sie sich dann eben so blöd benommen?“

Die Ampel sprang auf Grün. Ohne auf eine Antwort zu warten, fuhr Hannah los. Als Nele sie eingeholt hatte, sagte Hannah: „Ich gehe nie mehr auf den Lindenhof, kapiert? Melissas Pferd kann mir gestohlen bleiben!“

„Und was ist mit dem Wanderritt?“

„Was soll schon damit sein? Du schreibst keine Drei, und ich mache den Ritt auf Michelangelo mit.“

„Und wenn ich doch eine Drei schreibe?“, fragte Nele.

Hannah lachte. „Das glaubst du doch wohl selbst nicht, oder?“

Nele hörte auf zu treten und ließ Hannah weiterfahren. Die kümmerte sich gar nicht darum, dass Nele ihr nicht mehr folgte. An der nächsten Kreuzung bog sie rechts ab. Als Nele zur Kreuzung kam, war Hannah schon am anderen Ende der Straße.

Was für ein toller Samstag!, dachte Nele. Warum war sie heute Morgen nicht einfach im Bett geblieben?

9. Kapitel

Am Sonntag war Nele nervös. Und das lag nicht nur an der Mathearbeit, die morgen fällig war. Schuld daran war auch Hannah. Und Melissa. Und Ludwig.

Während Nele über ihrem Mathebuch brütete und ihren Rechenblock mit Zahlen, Formeln, Dreiecken und Quadraten voll kritzelte, schweiften ihre Gedanken immer wieder ab. Sie hörte Hannah lachen, die Nele nicht zutraute, morgen eine Drei zu schreiben. Sie sah Ludwig vor sich, wie er auf ihrem Fahrrad den Waldweg entlangsauste. Und sie dachte dauernd an Melissa, die sich selbst wahrscheinlich am meisten darüber ärgerte, dass sie gestern so fies zu Nele und Hannah gewesen war.

Dieser doofe Wanderritt ...

Irgendwie war er Nele völlig gleichgültig geworden. Sollte Hannah ruhig auf Michelangelo mitreiten! Sie selbst würde dann halt am Tag darauf alleine durch den Wald traben. Hätte Herr Knaupp nicht die Idee mit dem Wanderritt gehabt, wäre Nele vieles erspart geblieben. Zum Beispiel der Streit mit Melissa. Und der Streit mit Hannah.

Am liebsten wäre Nele zum Telefon gelaufen und hätte Hannah angerufen, um sich wieder mit ihr zu vertragen. Aber könnte Hannah nicht ihrerseits auf diesen glorreichen Einfall kommen und bei Nele anrufen? Schließlich hatte Nele schon öfter als Hannah eingelenkt, wenn die beiden sich gestritten hatten. Na ja, allerdings war Nele auch meistens diejenige gewesen, die mit dem Streit angefangen hatte.

Doch diesmal fühlte sie sich völlig unschuldig. Und darum durfte Hannah jetzt den ersten Schritt machen.

Beim Mittagessen verkündete Nele ihren Eltern ganz sachlich: „Bei der Mathearbeit kann ich ruhig eine Fünf schreiben."

„Was?" Ihrem Vater blieb vor lauter Schreck fast die Kartoffel im Hals stecken. „Eine Fünf? Hast du sie noch alle?"

„Ich habe keine Lust auf den Wanderritt. Also könnt ihr mich nicht mehr damit erpressen."

„Na, hör mal!", regte sich ihre Mutter auf. „Das ist doch keine Erpressung. Wir wollen nur dein Bestes."

„Das hab ich doch schon: Michelangelo."

„Willst du denn tatsächlich eine Fünf schreiben?", fragte ihr Vater.

„Das geht gar nicht mehr", sagte Nele. „Dafür habe ich viel zu viel gebüffelt."

Ihre Eltern strahlten um die Wette.

„Und warum möchtest du beim Wanderritt nicht mitmachen?“, fragte ihre Mutter.

„Weil Hannah und ich uns gestritten haben.“

„Na und?“, erwiderte Neles Mutter. „Streitereien sind nur schlimm, wenn man sich hinterher nicht wieder verträgt. Was machst du nach dem Mittagessen? Hast du da keine Zeit für eine Versöhnungsaktion?“

Doch, Nele hatte Zeit.

Und darum saß sie eine Stunde später auf dem Fahrrad und fuhr – zum Lindenhof.

Auf eine Versöhnung mit Hannah hatte sie keine Lust. Die kannte Neles Telefonnummer und konnte anrufen, wenn sie sich wieder mit ihr vertragen wollte. Aber Melissa wusste nicht mal Neles Nachnamen. Selbst wenn sie wollte, konnte Melissa sich nicht bei ihr melden, um sich für den Anfall von gestern zu entschuldigen. Darum musste Nele persönlich bei ihr aufkreuzen, damit Melissa eine Entschuldigung loswerden konnte, wenn ihr danach zu Mute war. Was Nele im Stillen allerdings sehr bezweifelte.

Egal. Jetzt war sie auf dem Weg zu ihr und gespannt, was Melissa bei ihrem Anblick sagen würde.

Als der Lindenhof in Sicht kam, erkannte sie schon von weitem, dass Amalia angebunden vor ihrer Box stand. Und jetzt kam Melissa mit dem Sattel heraus und legte ihn auf den Rücken der Stute. Nele trat kräftiger in die Pedale. Beim Überqueren des Hofes musste sie allerdings stark abbremsen, um keine Hühner zu überfahren.

„Na?“, sagte sie, als sie bei Melissa ankam.

„Na?“ Melissas eisige Miene passte gut zu ihrem frostigen Tonfall.

Auf die große Entschuldigung würde sie wahrscheinlich vergeblich warten, dachte Nele. Trotzdem wollte sie nicht sofort wieder verschwinden. Dafür war der Weg viel zu weit gewesen.

„Machst du einen Ausritt?“, fragte sie.

„Nein“, erwiderte Melissa unwirsch. „Ich sattle das Pferd bloß deshalb, weil ich mich gleich vor den Fernseher pflanzen werde.“

„Aha!“

„Ich hasse blöde Fragen!“, zischte Melissa.

„Ich auch!“

Zum ersten Mal schaute Melissa Nele richtig an. Nele lächelte. Melissa schließlich auch.

„Ich hätte nicht gedacht, dass du noch mal hier aufkreuzt“, gestand Melissa.

„Wieso nicht? Mir gefällt es hier auf dem Hof. Tolle Kühe, lustige Schweine, ein störrisches Pferd und ein nettes Mädchen, das nicht nett sein will.“

Prompt verdüsterte sich Melissas Miene wieder. „Was findest du so nett an diesem gar nicht so netten Mädchen?“

„Dass es genauso ist wie ich. Na ja, so ähnlich jedenfalls.“

„Hä?“ Melissa runzelte die Stirn. „Bist du sicher?“

„Ja.“

Weil ihr nichts einfiel, was sie dazu sagen sollte, ging Melissa in die Kammer neben der Box und holte das Zaumzeug heraus. Nachdem sie es Amalia angelegt hatte, hielt sie Nele die Zügel hin.

„Hier, versuch mal dein Glück!“

Nele stutzte. „Meinst du wirklich?“

„Gestern hat's doch auch geklappt.“

„Aber nur mit einem Trick.“

Nele erzählte ihr von der Sache mit den Möhren, worüber Melissa herzhaft lachen musste.

„Vielleicht funktioniert es heute ohne Bestechung“, meinte sie dann. „Na los, steig auf!“

Das ließ Nele sich nicht zweimal sagen. Sie griff nach den Zügeln und schwang sich in den Sattel. Und danach passierte wieder das Gleiche wie immer: nichts.

„Und jetzt?“, seufzte sie.

„Jetzt helfen wir mal ein bisschen nach“, sagte Melissa. Sie verpasste dem Fuchs einen Klaps aufs Hinterteil und schnalzte aufmunternd mit der Zunge.

Mit einem unwilligen Grunzen setzte Amalia sich in Bewegung, erst langsam, dann immer schneller. Im Trab ging es quer über den Hof, wo die Hühner gackernd zur Seite stoben, und dann hinter dem Bauernhaus einen schmalen Feldweg entlang.

Nele musste sich mit einer Hand am Sattel festhalten, wenn sie nicht runterfallen wollte. Erst nach mehreren hundert Metern versuchte sie, Amalia ein Kommando zu geben. Sie wollte die Stute wieder in den Schritt bringen – und sie gehorchte ohne jedes Zögern.

„Brav!“, lobte Nele das Pferd.

Kurz darauf erreichten sie den Wald. Jetzt versuchte Nele die Richtung zu ändern, und auch diesmal folgte Amalia problemlos. Nele ließ sie einen Waldweg entlangtraben, der eigentlich nur für Spaziergänger bestimmt war, und hielt nach einem Reitweg Ausschau. Doch sie konnte keinen entdecken.

Verglichen mit Lancelot und Michelangelo war die Stute nicht besonders groß. Sie war zierlicher gebaut und bewegte sich mit anmutigen Schritten, die an einen leichten Tanz erinnerten – im Gegensatz zu den kraftvollen Bewegungen von Michelangelo.

„Nele!“

Sie und Amalia zuckten gleichzeitig zusammen. Ruckartig stemmte die Stute alle vier Beine in den Boden. Zwischen dem dichten Gebüsch tauchte Michelangelo auf, zusammen mit seiner Reiterin Hannah.

„Wieso reitest du auf dem Wanderweg?“, wunderte sich die Freundin. „Der Reitweg ist doch direkt daneben.“

„Wegen den Büschen habe ich ihn nicht gesehen. Wo willst du denn hin?“

„Zum Lindenhof. Ich hab vorhin deine Eltern angerufen und erfahren, dass du dort bist.“ Erst jetzt fiel Hannah auf, dass Nele auf Amalia saß. „Hey, Moment mal!“, rief sie verblüfft aus. „Wieso lässt sich der Fuchs von dir reiten?“

„Keine Ahnung. Vielleicht kennt sie mich jetzt gut genug, um mich auf ihren Rücken zu lassen.“

„Jetzt ist es aber zu spät.“

„Wieso?“, fragte Nele.

„Wir brauchen Amalia nicht mehr. Und schon gar nicht ihre übergeschnappte Besitzerin. Stell dir vor: Kerstin hat sich gestern einen Arm gebrochen!“

„Welche Kerstin?“

„Die mit den tausend Sommersprossen“, sagte Hannah. „Kennst du nicht ihren Wallach Salambo? Auf dem darfst du beim Wanderritt reiten. Oder ich, falls du die Mathearbeit nicht vergeigst“, fügte sie schnell hinzu und sagte dann noch: „Tut mir Leid wegen gestern! Natürlich glaube ich, dass du die Drei schaffen wirst! Ich drücke dir jedenfalls sämtliche Daumen!“

„Danke.“

„Komm, bring die Stute zurück!“, forderte Hannah sie auf. „Und sag Melissa, dass sie ab sofort wieder allein ihre Ställe ausmisten kann. Bin ich froh, dass ich morgen ausschlafen darf!“

Im Gebüsch hinter Nele knackte es. Sie drehte sich im Sattel um.

Melissa!

Leichenblass stand sie neben Neles Fahrrad. Das zornige Funkeln in ihren Augen war nicht zu übersehen. Sie musste gelauscht haben. Und von dem, was sie gehört hatte, schien sie alles andere als begeistert zu sein.

Sie ließ Neles Fahrrad einfach fallen.

„Muss das sein?“, regte Hannah sich auf.

Melissa beachtete sie gar nicht. Sie starrte nur Nele an. Der wurde immer unbehaglicher zu Mute. Was in Melissa vorging, konnte Nele sich gut vorstellen.

„Du verdammte Lügnerin!“, fauchte Melissa sie an. „Wie war das mit dem netten Mädchen, das gar nicht nett sein will? Alles nur blödes Geschwätz! Das nette Mädchen war dir total egal. Du wolltest nur das nette Pferd von dem blöden Mädchen, darum hast du dich bei mir eingeschleimt. Runter da!“

Nele öffnete den Mund, um etwas zu sagen, doch Melissa wiederholte eine Spur drohender: „Runter da, und zwar sofort!“

Kopfschüttelnd stieg Nele aus dem Sattel. Melissa riss ihr die Zügel aus der Hand.

„Du irrst dich“, sagte Nele. „Was ich gesagt habe –“

„Blablabla!“, unterbrach Melissa sie schroff.

Sie stieg auf, wendete Amalia und ritt zurück zum Lindenhof.

„Was hast du denn vorhin zu ihr gesagt?“, wollte Hannah sofort wissen.

Nele hob ihr Fahrrad auf. „Das hast du doch gehört: Blablabla.“

10. Kapitel

Es regnete in Strömen, als Nele am nächsten Morgen zur Schule fuhr. Morgen sollte es ebenfalls gießen, hatte ihr Vater in der Zeitung gelesen. Der Wanderritt würde vermutlich ins Wasser fallen. Die ganze Aufregung der letzten Tage war also umsonst gewesen. Nele und Hannah hätten sich alles sparen können: das frühe Aufstehen, die Arbeit auf dem Bauernhof und vor allem die Streitereien.

Nele war gespannt, wie Melissa sich gleich in der Schule ihr gegenüber verhalten würde. Nachdem sie ihr Rad abgestellt hatte, schlenderte sie unter ihrem roten Schirm über den Schulhof. Melissa war nirgends zu sehen. Und daran änderte sich nichts bis zum ersten Gong. Drinnen in der Halle und im Treppenhaus hielt Nele weiter Ausschau nach ihr, doch Melissa blieb unsichtbar.

Auch in der ersten Pause tauchte Melissa nicht auf. Und jetzt konnte Nele sich keine Gedanken mehr über sie machen. In den nächsten beiden Stunden würde sie endlich die Mathearbeit schreiben, für die sie so schwer gebüffelt hatte. Nele wollte mindestens eine Drei schreiben. Nicht wegen des Wanderritts, der wahrscheinlich sowieso nicht stattfinden würde, sondern wegen ihres Zeugnisses.

Beim Reingehen lief ihr ein Mädchen über den Weg, von dem Nele wusste, dass es in Melissas Klasse ging. Kurz entschlossen zupfte Nele sie am Ärmel und fragte: „Ist Melissa heute nicht da?"

„Nein."

„Und wieso nicht?"

„Keine Ahnung", sagte das Mädchen, das laut schmatzend auf einem Kaugummi herumkaute. „Sie ist bestimmt von einem Schwein angefallen worden, das ihr einen Arm abgebissen hat."

„Sehr witzig!"

„Wer bist du überhaupt?", fragte das Mädchen. „Melissas Freundin?"

„Ja."

Das Mädchen schnitt eine Grimasse. „Blödsinn! Melissa hat keine Freundin."

Dem konnte Nele beim besten Willen nicht widersprechen. Warum hatte sie behauptet, Melissas Freundin zu sein? Wenn das wahr gewesen wäre, hätte Nele sie gestern angerufen und ihr versucht zu erklären, dass sie am Samstag nicht gelogen hatte. Sie hielt Melissa wirklich für ein nettes Mädchen. Und sie verstand sogar, warum Melissa nicht nett sein wollte. Ihr selbst erging es nämlich oft genauso. Als Kratzbürste war das Leben zwar manchmal recht schwierig und einsam, aber immerhin konnte man dadurch eine Mauer um sich herum aufbauen, die einem Schutz bot.

Aber nun musste Nele sich auf die Mathearbeit konzentrieren.

Sie betrat das Klassenzimmer und setzte sich auf ihren Platz. Herr Karlsen verteilte die Arbeitsbögen. Als er einen davon auf Neles Tisch legte, zwinkerte er ihr aufmunternd zu und sagte: „Wird schon klappen!"

Angespannt überflog Nele die Aufgaben – und lehnte sich dann lächelnd zurück. Zum ersten Mal in ihrem Leben hatte sie bei einer Mathearbeit das Gefühl, nicht am völlig falschen Ort zu sein. Das Büffeln hatte also tatsächlich was gebracht!

Nachdem sie tief durchgeatmet hatte, holte sie den Füller aus ihrer Federmappe und machte sich an die Arbeit. Bei einigen Aufgaben musste sie sich wahnsinnig anstrengen, aber immerhin war sie sich ziemlich sicher, wo es langging. Beim letzten Mathetest hätten die Aufgaben genauso gut ein chinesisches Gedicht sein können, so wenig hatte sie davon verstanden.

Es gab zwar etliche Schüler, die vor Nele fertig waren. Aber dafür hatte sie beim Abliefern ihres Bogens das Gefühl, etwas Brauchbares zu Stande gebracht zu haben.

„Und? Zufrieden?", fragte Herr Karlsen leise.

Nele nickte. „Und Sie hoffentlich auch."

Ja, das war er!

Bereits um viertel nach drei rief er bei Neles Vater im Büro an, der gleich darauf Neles Mutter anrief und damit für ein strahlendes Lächeln auf ihrem Gesicht sorgte. Eine Drei plus hatte Nele geschrieben. Nachdem ihre Mutter aufgelegt hatte, drückte sie Nele so fest an sich, dass sie keine Luft mehr bekam.

„Tolle Belohnung, Mutti!", ächzte Nele. „Für eine Drei bringst du mich fast um. Was passiert erst, wenn ich nächstes Mal eine Eins schreibe?"

„Eine Eins?" Ihre Mutter riss die Augen auf. „Das kannst du mir nicht antun, Nele! Früher habe ich Streberinnen immer gehasst wie die Pest."

„Ich dachte, du freust dich, wenn ich gute Noten kriege."

„Das tu ich ja auch", beteuerte ihre Mutter. „Aber zu gut dürfen sie nicht sein. Schließlich will ich keine Streberin als Tochter."

Nele schüttelte ungläubig den Kopf. Gab es irgendwas auf der Welt, das schwerer zu verstehen war als ein Erwachsener?

„Ich gehe jetzt zum Bäcker", verkündete ihre Mutter. „Welchen Kuchen würdest du am liebsten essen?"

„Egal. Hauptsache, das Stück ist riesig!"

Kaum hatte ihre Mutter die Wohnung verlassen, machte Nele sich an den schönsten Teil der Mathearbeit.

Sie nahm das Telefon und wählte Hannahs Nummer. Hannahs Mutter hob ab.

„Tut mir Leid, Nele, Hannah ist nicht da. Sie wollte zum Reiterhof."

„Bei diesem miesen Wetter?"

„Sie kann doch ein paar Runden in der Halle drehen", sagte Hannahs Mutter. „Bleibst du denn wegen des Regens zu Hause?"

„Mal sehen."

„Soll ich Hannah was ausrichten?"

„Nein, danke", sagte Nele. „Ich rufe später noch mal an. Tschüss!"

„Tschüss!"

Nele legte auf und ging in ihr Zimmer. Sollte sie zum Reiterhof fahren oder nicht?

Nur fünf Minuten später saß sie auf Lancelot und jagte in halsbrecherischem Tempo einen Feldweg entlang. Um sie herum dehnten sich endlose Weizenfelder, überwölbt von einem strahlend blauen Himmel. Trotz der Hitze schien das schnelle Tempo kein Problem für den schwarzen Araber zu sein. Leicht und locker flog er dahin.

„Warte mal!", rief plötzlich eine Stimme hinter ihr.

Nele parierte Lancelot durch und drehte sich um. Ludwig kam angelaufen. Er trug einen schwarzen Anzug und hatte einen Blumenstrauß in der Hand.

Als er bei Nele und Lancelot ankam, war er völlig außer Atem.

„Was soll das?“, fragte Nele und zeigte auf die Blumen.

Ludwig hielt ihr den Strauß hin. „Nelken für Nele“, sagte er. „Bitte sehr!“

Sie lachte verlegen und wollte nach den Blumen greifen, doch Lancelot war schneller. Sein Kopf ruckte vor und schwupp – waren die Blüten in seinem Maul verschwunden. Ludwig sah ihn böse an.

„Hey, du Vielfraß!“, schimpfte er. „Die Blumen waren nicht für dich!“

„Warum läufst du denn im Anzug rum?“, wollte Nele wissen.

Es dauerte eine Weile, bis Ludwig mit der Antwort herausrückte. Allerdings konnte Nele sie kaum verstehen, weil Ludwig so leise murmelte.

„Was hast du gesagt?“, fragte sie nach.

Bevor Ludwig wieder den Mund öffnete, fütterte er Lancelot mit dem Rest des Blumenstraußes. Dann räusperte er sich ausgiebig, sah Nele tief in die Augen und sagte mit fester Stimme und ungewöhnlich ernster Miene: „Möchtest du meine Frau werden?“

Vor Schreck fiel Nele fast aus dem Sattel. „Wie bitte?“

„Möchtest du meine Frau werden?“

„Ich bin keine Frau, du Spinner! Darum kann ich auch nicht deine werden, kapiert?“

Ludwig schüttelte den Kopf und sagte: „Es gibt Abendbrot, Nele!“

Jemand rüttelte an ihrer Schulter. Es war nicht Ludwig. Und auch nicht Lancelot. Ihre Mutter stand neben dem Bett. Nele rieb sich verwundert die Augen. Wo war der schwarze Araber? Und der Junge im schwarzen Anzug? Und das Weizenfeld?

„Hast du schlecht geträumt?", fragte Neles Mutter.

Nele gähnte herzhaft.

„Auf jeden Fall hast du gut geschlafen, mein Schatz! Als ich mit dem Kuchen zurückkam, wollte ich dich wecken, aber ich habe es nicht geschafft."

„Hab ich den ganzen Nachmittag verpennt?", fragte Nele ungläubig.

„Den Schlaf hast du gebraucht. Die letzte Woche war sehr anstrengend für dich."

Das Telefon klingelte. Neles Mutter verließ das Zimmer. Kaum war Nele aufgestanden, hörte sie ihre Mutter rufen: „Für dich!"

Nele schlurfte zum Apparat.

„Hallo, hier ist Hannah. Und? Wie war die Mathearbeit?"

„Drei plus!"

Hannah hatte es offenbar die Sprache verschlagen.

„Drei plus!", wiederholte Nele stolz.

„Herzlichen Glückwunsch!", sagte Hannah. „Dann muss ich morgen also auf Salambo reiten. Oder kommst du gar nicht mit?"

„Keine Ahnung. Mal sehen, wie das Wetter wird. Und ob Ludwig mitreitet."

„Natürlich reitet der mit“, sagte Hannah. „Hast du was dagegen?“

Nele durfte auf keinen Fall etwas von ihrem Traum erzählen, sonst hätte Hannah einen Lachkrampf bekommen.

„Ludwig kann reiten, wohin er will“, sagte sie. „Und er kann dabei sogar einen schwarzen Anzug tragen.“

„Hä?“

„Vergiss es! Ich sag dir morgen früh Bescheid, ob ich mitkomme, okay?“

Nachdem die beiden Freundinnen sich verabschiedet hatten, ging Nele in die Küche. Dort wartete ihr Vater schon darauf, ihr um den Hals zu fallen und sie an sich zu drücken.

„Bravo, Nele!“, lobte er. „Eine Drei plus! Das war super! Gibt es irgendeinen kleinen Wunsch, den wir dir erfüllen können?“

„Ja“, brummte Nele. „Sorgt dafür, dass ich nicht Ludwig heirate!“

11. Kapitel

Nach einer zum Glück traumlosen Nacht wachte Nele schon um kurz nach sechs Uhr auf. Kein Wunder! Schließlich hatte sie ja schon gestern Nachmittag fast vier Stunden lang geschlafen.

Putzmunter sprang sie aus dem Bett und ging zum Fenster. In der schwachen Morgendämmerung konnte sie erkennen, dass der Himmel bedeckt war. Allerdings nieselte es nur leicht. Würde es heute vielleicht sogar noch schön werden?

Wenn sie ehrlich war, musste Nele sich eingestehen, dass das Wetter eigentlich nicht ihr Hauptproblem war. Ob sie beim Wanderritt mitmachen sollte oder nicht, hing vor allem von der Frage ab, ob sie den Mut haben würde, Ludwig zu begegnen. Mittlerweile war ihr nicht mehr so wichtig, ob er in sie verliebt war. Stattdessen fragte Nele sich ernsthaft, ob sie in ihn verliebt war. Es musste doch einen Grund dafür geben, dass er in ihren Träumen auftauchte. Wenn Ludwig ihr völlig gleichgültig wäre, würde er ihr bestimmt nicht im Traum erscheinen, oder?

Unter der Dusche musste sie an Hannahs Schwester Marion denken. Behauptete sie nicht ständig, dass für jedes Mädchen der Zeitpunkt kommt, an dem es sich mehr für Jungs interessiert als für Pferde? War es jetzt etwa so weit?

Die Antwort darauf bekam Nele von ihrem Hintern, als sie sich eine Viertelstunde später mit einer Schüssel Müsli und einem Becher Kakao am Küchentisch niederließ. Dieses Kribbeln! Unruhig rutschte sie auf dem Stuhl hin und her. Was das zu bedeuten hatte, wusste sie natürlich: Dass sie es kaum abwarten konnte, endlich im Sattel zu sitzen.

Kurze Zeit später saß sie schon auf ihrem Fahrradsattel. Hastig hatte sie ihr Frühstück runtergeschlungen und sich dann den Rucksack mit Proviant voll gestopft. Anschließend hatte sie ihren Eltern, die noch schliefen, einen Zettel geschrieben:

Guten Morgen!
Mache doch beim Wanderritt mit. Schönen Feiertag!
Nele

Dann war sie in ihre Regenjacke geschlüpft, hatte sich den Rucksack umgeschnallt, war auf leisen Sohlen aus der Wohnung geschlichen und hatte die Tür kaum hörbar hinter sich geschlossen.

Dass es immer noch nieselte, störte Nele kein bisschen. Es hätte ruhig wie aus Eimern schütten können, nichts hätte Nele jetzt aufgehalten. Auch nicht der Gedanke an Ludwig und den Traum mit dem Blumenstrauß. Die Sehnsucht nach Michelangelo war stärker.

Wahnsinn: Einen ganzen Tag lang würde sie mit ihm zusammen unterwegs sein! Natürlich waren auch Pausen eingeplant, damit Pferde und Reiter sich ausruhen und stärken konnten. Mit der Rückkehr wurde frühestens gegen halb neun abends gerechnet.

Ein bisschen unheimlich war Nele schon zu Mute, als sie durch den Wald radelte. Wegen der dichten Wolken und der frühen Uhrzeit war es nicht besonders hell auf dem Weg. Darum trat Nele kräftig in die Pedale, so als hätte sie es furchtbar eilig. Wetten, dass sie heute als Erste auf dem Reiterhof aufkreuzen würde? Es war erst viertel nach sieben. Sie hatte also noch knapp zwei Stunden Zeit bis zum Start des Wanderritts.

Der Nieselregen hörte genau in dem Moment auf, als Nele den Wald verließ und auf den Feldweg einbog. Sie musste an den Traum von gestern Nachmittag denken. Warum hatte sie auf Lancelot gesessen und nicht auf Michelangelo? Gefiel ihr der Vollblutaraber besser, weil er Ludwig gehörte?

Herr Hülsenbrinck kam gerade aus dem Stall, als Nele vom Fahrrad stieg. Der Reitlehrer machte ein erstauntes Gesicht.

„Guten Morgen, Nele! Ist dein Wecker kaputt?“

„Guten Morgen! Ich konnte nicht mehr schlafen, weil ich gestern zu viel gepennt habe. Ist Michelangelo schon wach?“

„Na, hör mal! Pferde sind doch keine Langschläfer.“

Nele ging in den Stall. In der Boxengasse kam ihr Herrn Knaupps Nichte entgegen, zusammen mit einer braunen Stute. Daria grüßte Nele freundlich und blieb stehen.

„Na, freust du dich auf den Wanderritt?“

„Und wie!“, sagte Nele. „Sie auch?“

„Ich kann nicht mitkommen, weil ich bei einem Springturnier in Linzburg starte“, erwiderte Daria und strich der Stute über die Stirn. „Wenn meine Prinzessin Luise einen guten Tag erwischt, könnten wir auf einem der vorderen Plätze landen.“

„Viel Glück euch beiden!“

„Danke!“

Daria verabschiedete sich von Nele und verließ den Stall, um die Stute in einen Pferdeanhänger zu verladen.

Kaum war sie verschwunden, erschien ein Stallbursche mit einer Schubkarre auf der Bildfläche.

„Guten Morgen!“, rief Nele ihm im Vorbeigehen zu. „Um Michelangelos Box müssen Sie sich heute nicht kümmern. Ich miste selbst aus.“

„Alles klar.“

Endlich stand sie vor Michelangelos Box. Ihr Pferd, das gerade seine Morgenration Hafer verputzte, schien sich über Neles frühes Auftauchen genauso zu wundern wie Herr Hülsenbrinck. Bei Neles Anblick hörte es prompt auf zu kauen.

„Gut geschlafen, Großer?"

Nele öffnete die Boxentür. Während sie Michelangelos Hals tätschelte, kaute er ruhig weiter.

„Ja, du musst gut futtern", sagte Nele. „Der Wanderritt wird bestimmt anstrengend. Weißt du was? Wenn ich deinen Stall sauber gemacht habe, dann werde ich dir eine tolle Putz-Massage verpassen, damit du gleich topfit bist. Zeit genug haben wir ja noch."

Sie holte das Halfter aus der Sattelkammer, zog es Michelangelo an und führte ihn hinaus in die Boxengasse, wo sie ihn an einem stabilen Haken festband. Dann suchte sie nach einer leeren Schubkarre und einer Mistgabel und machte sich an die Arbeit. Dabei dachte sie daran, wie sie letzte Woche Amalias Box ausgemistet hatte. Eigentlich war es doch ganz lustig gewesen, auf dem Bauernhof zu helfen. Zumindest ein paar Tage lang. Aber Melissa hatte Recht: Auf Dauer hätten Hannah und Nele das frühe Aufstehen bestimmt nicht durchgehalten.

Nele nahm sich ganz fest vor, morgen in der Schule Melissa zu erzählen, wie der Wanderritt gelaufen war. Vielleicht würde Melissa ihr die kalte Schulter zeigen und nach einem patzigen Spruch das Weite suchen. Oder sollte sie Melissa lieber einen Brief schreiben? So oder so wollte Nele ihr klar machen, dass sie es ernst gemeint hatte mit ihrer Bemerkung, sie würde Melissa nett finden.

Nachdem sie Michelangelos Box mit frischem Stroh eingestreut hatte, ging sie zur Sattelkammer und holte den Putzkasten. Dann führte sie Michelangelo nach draußen zum Putzplatz. Von Daria und ihrer Stute war nichts mehr zu sehen. Dafür trafen gerade zwei junge Reiterinnen ein, die von ihren Eltern zum Hof gebracht worden waren. Nele kannte sie nur vom Sehen. Unter lautem Geschnatter stiegen die beiden Mädchen aus dem Auto und verschwanden im Stall.

„So", sagte Nele zu Michelangelo und holte den Striegel aus dem Kasten. „Jetzt geht's los!"

Mit langsamen, kreisenden Bewegungen fuhr sie über sein Fell. Sie begann am Hals und arbeitete sich bis zur Kruppe vor. Dann wechselte sie die Seite und fing wieder am Hals an. Michelangelo schien die Massage zu genießen. Jedenfalls rührte er sich keinen Millimeter von der Stelle.

Nach und nach trudelten die anderen Teilnehmer vom Wanderritt ein. Alle fünf Minuten musste Nele jemanden grüßen, der an ihr vorbei in den Stall ging. Sie wandte dabei kaum den Kopf, weil sie sich auf Michelangelo konzentrieren wollte. Doch als Ludwigs Stimme hinter ihr ertönte, unterbrach sie die Massage und drehte sich langsam um.

„Guten Morgen!", erwiderte sie seinen Gruß und spürte, dass ihr das Blut in den Kopf stieg. Sie sah nämlich nicht den echten Ludwig in schwarzen Reitstiefeln, schwarzer Reithose und Reitkappe vor sich, sondern den Traum-Ludwig im Anzug und mit einem Strauß Nelken in der Hand.

„Wird bestimmt toll, der Ausflug!“, sagte Nele, weil ihr nichts Besseres einfiel.

Ludwig verzog das Gesicht. „Abwarten. Wenn Daria mitgekommen wäre, hätten wir bestimmt eine Menge Spaß gehabt.“

„Daria?“

Er nickte. „Die Nichte von Herrn Knaupp. Hast du sie noch nie gesehen? Sie ist wahnsinnig nett.“

„Stimmt.“

„Ich kenne sie erst seit vorgestern, aber es kommt mir so vor, als wären wir schon seit Jahren befreundet. Schade, dass sie zu diesem blöden Turnier musste!“, seufzte er, nickte Nele kurz zu und ging in den Stall.

Daria!

Zuerst wusste Nele nicht, ob sie froh oder traurig darüber sein sollte, dass Ludwig Herrn Knaupps Nichte so sehr vermisste.

„Hä?“, rief jemand von weitem. „Nele? Was machst du denn hier?“

Hannah glotzte ihre Freundin so verblüfft an, als wäre Nele soeben vom Himmel gefallen.

„Hast du nicht gehört, dass es den ganzen Tag schütten soll?“, fragte Hannah. „Ich dachte, du wolltest zu Hause bleiben.“

„Tja, dachte ich auch. Aber diesen Wanderritt kann ich mir nicht entgehen lassen. Jetzt fang nicht an zu weinen!“, brummte Nele. „Salambo ist doch auch ein tolles Pferd!“

„Nicht so toll wie Michelangelo“, entgegnete Hannah, lehnte ihr Rad an die Stallwand und marschierte in den Stall.

„Hast du das mitgekriegt?“, flüsterte Nele ihrem Pferd ins Ohr. „Da freut sich jemand wie verrückt, dass ich heute mitkomme. Und so was nennt sich beste Freundin ... “

12. Kapitel

Eine halbe Stunde später versammelten sich sämtliche Teilnehmer des Wanderritts ohne ihre Pferde in der Reithalle. Unter den etwa 25 Leuten befanden sich erstaunlich viele Erwachsene. Nele war froh, dass ihre Eltern sich nicht fürs Reiten interessierten. Wäre sie jeden Nachmittag in den Stall geradelt, wenn sie dort ihren Vater oder ihre Mutter getroffen hätte? Eher nicht.

Ein gut gelaunter Herr Knaupp hatte sich auf die Tribüne gestellt und begrüßte die Anwesenden mit einer lustigen, aber viel zu langen Rede, bei der Hannah und Nele immer wieder genervte Blicke wechselten. Sie konnten es kaum erwarten, endlich im Sattel zu sitzen!

Schließlich erklärte Herr Knaupp, wie der Wanderritt ablaufen sollte.

„Wir bilden fünf Gruppen, die vormittags auf unterschiedlichen Wegen zu unserem ersten Ziel reiten werden. Wer kennt die alte Wassermühle am Bitzenbach?"

Nur wenige Hände gingen in die Höhe.

„Dachte ich's mir doch", meinte Herr Knaupp schmunzelnd. „Die meisten Leute kennen sich auf Mallorca besser aus als in ihrer eigenen Heimat. Zum Glück gibt es Wanderkarten. Sobald die Gruppen gebildet worden sind, werden die Karten verteilt. Damit jetzt nicht stundenlang darüber diskutiert wird, wer mit wem reitet, haben Herr Hülsenbrinck und ich die Gruppen bereits zusammengestellt."

Umständlich kramte er einen Zettel aus seiner Jackentasche und las vor, wer mit wem reiten sollte. Zu Hannahs und Neles Gruppe gehörten zwei Mädchen namens Marie und Sonja, die höchstens zehn Jahre alt und als die schüchternsten Mädchen auf dem ganzen Reiterhof bekannt waren. Nele hatte die beiden noch nie reden hören. Ob sie wenigstens mit ihren Ponys sprachen?

Außerdem gehörte ein gewisser Herr Brettschneider zu ihrer Gruppe. Er stellte sich als der missmutige, dicke Reiter heraus, den Nele mal in der Halle auf seinem Apfelschimmel beobachtet hatte.

Der Sechste in der Gruppe war niemand anderes als Ludwig. Mit gelangweilter Miene kam er angestiefelt.

„Kennt einer von euch diese komische Mühle?", fragte er.

Herr Brettschneider schüttelte den Kopf. „Ich wohne erst seit ein paar Wochen hier in Rauenstein. Wo soll die Mühle denn sein?"

Die vier Mädchen und Ludwig zuckten die Schultern. Marie und Sonja wurden knallrot dabei.

„Egal", sagte Herr Brettschneider. „Wir kriegen ja eine Karte. Von wem eigentlich?"

„Von Herrn Hülsenbrinck, glaube ich", sagte Ludwig, ließ die anderen stehen und schlurfte aus der Halle.

Herr Brettschneider musterte Maria und Sonja und runzelte dabei die Stirn. „Ihr seht noch reichlich jung aus. Habt ihr überhaupt schon einen Pferdeführerschein?"

Die Antwort der zwei Mädchen bestand aus leisem Gekicher.

Der dicke Reiter, der in verdreckten Reitstiefeln und einem schmuddeligen Anorak steckte, sah Nele und Hannah an und fragte: „Habe ich irgendwas Lustiges gesagt?"

„Kümmern Sie sich nicht um die beiden", riet Hannah ihm. „Die lachen nur, damit sie nicht zu reden brauchen."

Woraufhin das Gekicher noch lauter wurde ...

Draußen in der Boxengasse zischte Hannah ihrer Freundin zu: „So ein Mist, dass wir keine Zweiergruppe bilden dürfen!"

„Mit wem hättest du denn eine gebildet, hm?"

„Na, mit dir natürlich!"

„Ach nee! Bist du denn nicht mehr sauer, dass ich auf Michelangelo reite?"

Hannah grinste. „Doch. Willst du tauschen? Du kriegst dafür den wunderbaren Salambo."

„Abgelehnt!"

Vor dem Stall herrschte ein gewaltiges Durcheinander. So viele Pferde auf einmal waren noch nie zu einem Ritt aufgebrochen. Die meisten Reiter saßen schon im Sattel. Inmitten des ganzen Trubels wirkten die Pferde erstaunlich ruhig.

Nele hielt Ausschau nach Ludwig. Abseits von den anderen lehnte er am Koppelgatter, Lancelots Zügel in der Hand.

„Was ist denn los mit ihm?", wunderte sich Hannah, die ihn ebenfalls entdeckt hatte. „Der macht ja so ein gequältes Gesicht, als würde ihm Lancelot gerade mit allen vier Hufen auf den Füßen stehen."

„Er vermisst seine große Liebe."

„Wieso?" Hannah grinste spöttisch. „Du bist doch hier."

„Ich rede nicht von mir."

„Sondern?"

Sie mussten ihre Unterhaltung beenden, weil Marie und Sonja vor ihnen aufgetaucht waren, ihre beiden Welshponys im Schlepptau.

„Es geht gleich los", sagte Nele. „Wo ist Herr Brettschneider?"

„Hier!"

Nele drehte sich um. Herr Brettschneider saß bereits auf seinem Apfelschimmel.

„Und wo steckt der junge Mann?“, fragte er.

„Wer soll das sein?“, fragte Nele zurück.

„Er meint Ludwig“, sagte Hannah und rief laut seinen Namen.

„Ich komme ja schon“, brummte Ludwig, stieg auf und lenkte Lancelot zu seiner Gruppe.

„Herr Knaupp hat gesagt, dass wir erst zum Waldspielplatz reiten sollen“, sagte Herr Brettschneider. „Dort werfen wir dann einen Blick auf die Karte. Der Weg zur Wassermühle ist mit Filzstift eingezeichnet. Es ist der grüngelbe Pfad – die Markierungen befinden sich an den Bäumen.“

Kurz darauf saßen alle auf ihren Pferden und ritten los. Herr Brettschneider voran, dann Marie und Sonja und dahinter Ludwig und Hannah. Nele ritt am Schluss der Gruppe und verglich Salambo mit Lancelot, obwohl das eigentlich ungerecht war. Salambo war ein Haflinger und nicht mehr der Jüngste. Darum bewegte er sich natürlich nicht so elegant wie Lancelot. Aber warum ärgerte Hannah sich darüber, dass sie auf Salambo reiten musste? Irgendwann würde Michelangelo auch mal alt und langsamer werden. Wollte Hannah dann nichts mehr mit ihm zu tun haben?

Nele schaute hinauf zum Himmel. Er war zwar bewölkt, aber zum Glück regnete es nicht. Sie atmete tief durch und schaute sich nach allen Seiten um. Zwei Reitergruppen waren noch auf den Feldwegen zu sehen, die anderen waren schon in den Wäldern verschwunden, die sich rund um Rauenstein schier endlos weit ausdehnten.

Irgendwie hatte Nele sich den Wanderritt ganz anders vorgestellt. Aufregender und spannender. An Herrn Brettschneider und die beiden kleinen Mädchen hatte sie dabei überhaupt nicht gedacht.

Als sie den Wald erreichten, konnten sie nur noch hintereinander reiten. An der Spitze befand sich immer noch Herr Brettschneider, nun gefolgt von Ludwig. Hannah und Nele ritten am Ende der Gruppe.

Hannah drehte sich zu ihrer Freundin um und sagte: „Tja, den kannst du wohl vergessen."

„Wen?"

„Ludwig. Sieht ganz so aus, als hätte er sich in diese Daria verknallt."

Nele grinste. „Wirklich?"

„Er hat die ganze Zeit von ihr geredet. Mit leuchtenden Augen. Ist sie nicht ein paar Jahre zu alt für ihn?"

„Geht mich nichts an. Was ist denn mit Salambo? Ist er zu alt für dich?"

„Eigentlich ist er überraschend gut zu reiten", gab Hannah zu. „Okay, einen Schönheitspreis werde ich sicher nicht mit ihm gewinnen, aber er ist unheimlich brav."

Sie tätschelte seinen Hals.

„Findest du den Wanderritt nicht ein bisschen langweilig?", fragte Nele.

„Wieso? Heute Mittag geht es doch erst richtig los.

An der Wassermühle machen wir Rast. Und dann werden den ganzen Nachmittag lang Reiterspiele veranstaltet. Es gibt sogar Preise zu gewinnen. Danach reiten wir eine abenteuerliche Strecke durch den Wald. Und nach der nächsten Rast geht es dann im Mondschein nach Hause."

„Woher weißt du das?", fragte Nele erstaunt.

„Hast du nicht das große Plakat an Herrn Knaupps Tür gesehen? Da stand alles drauf."

„In den letzten Tagen hatte ich ganz andere Sorgen."

„Oh nein!", stöhnte Hannah. „Jetzt fang bloß nicht mit Melissa an. Wir haben ihr nichts getan. Wenn sie netter zu uns gewesen wäre –"

„Sie war nett", unterbrach Nele ihre Freundin. „Zumindest für ihre Verhältnisse."

Schweigend ritten sie weiter. Die Aussicht auf den weiteren Verlauf des Tages machte Nele ungeduldig. Warum beeilten sie sich nicht ein bisschen? Sie freute sich vor allem auf die Reiterspiele und den Mondscheinritt. Noch nie war sie mit Michelangelo nach Einbruch der Dunkelheit unterwegs gewesen. Ob er so einen Ritt genauso spannend finden würde wie sie?

Plötzlich passierte etwas Überraschendes: Marie machte den Mund auf und redete.

„Hier unten am Bach sind Biber!", verkündete sie mit glockenheller Stimme, worauf Herr Brettschneider und Ludwig sich nach ihr umdrehten.

„Na und?", sagte Ludwig.

„Biber?“, wiederholte Hannah neugierig. „Echt?“

„Ja“, sagte Marie. „Die haben dort eine ganz tolle Biberburg gebaut.“

„Das will ich sehen“, sagte Hannah. „Du auch, Nele?“

Ihre Freundin nickte.

„Muss das sein?“, maulte Ludwig, doch Herr Brettschneider sagte: „Warum nicht? Wir haben doch Zeit genug. Reitest du voran?“, fragte er Marie.

Sie nickte und warf ihrer Freundin Sonja einen stolzen Blick zu. Dann lenkte sie ihr Pony an die Spitze der Gruppe. Nach etwa zwanzig Metern führte ein schmaler Weg einen Abhang hinunter. Er war nicht besonders steil, dennoch mussten die Pferde vorsichtig einen Huf vor den anderen setzen. Michelangelo bewegte sich auch dabei ruhig und sicher.

„Jetzt hast du bestimmt nichts dagegen, dass Salambo so langsam ist, oder?“, rief Nele Hannah zu.

„Stimmt“, sagte Hannah.

Als sie unten am Bach ankamen, war von einer Biberburg weit und breit nichts zu entdecken.

„Sind die Biber weggezogen?“, fragte Herr Brettschneider.

Ein klägliches Lächeln erschien auf Maries Gesicht. „Das kann nicht sein“, sagte sie. „Dann wäre noch was von ihrer Burg zu sehen.“

„Vielleicht hat sie sich in Luft aufgelöst“, grummelte Ludwig. „Reiten wir wieder zurück?“

Nun öffnete auch Sonja den Mund. „Es ist weiter hinten“, sagte sie. „Wir müssen einfach den Bach entlangreiten.“

„Na schön“, sagte Herr Brettschneider. „Versuchen wir unser Glück.“

Doch auch nach hundert Metern tauchte keine Biberburg auf.

„Schade“, sagte Marie und kaute nervös auf ihrer Unterlippe herum. „Ich muss mich vertan haben.“

„Okay, kehren wir um“, schlug Herr Brettschneider vor.

„Nicht nötig“, sagte Ludwig. „Ich kenne eine Abkürzung. Wir müssen nur auf die andere Seite des Baches und da hinten links wieder hoch. Dann sind wir schon am Waldspielplatz.“

„Sicher?“, fragte Hannah.

Ludwig schenkte ihr ein mitleidiges Grinsen. „Ich kenne mich hier so gut aus wie in meinem Zimmer. Außerdem haben wir ja noch die Karte. Da hinten wird der Bach etwas seichter.“

Er ritt voran und ließ Lancelot dann an einer flachen Stelle den Bach überqueren. Das Wasser reichte seinem Araber knapp über die Hufe. Sonjas Pony weigerte sich jedoch, einen Fuß in den Bach zu setzen.

„Na los, Samson!“, redete Sonja ihm geduldig zu. „Du wirst schon nicht untergehen.“ Sie drückte die Schenkel an und gab ihrem Pony einen leichten Klaps mit der Gerte.

Widerwillig watete Samson durch das Wasser, gefolgt von Maries Pony Bridella.

Als Nächster war Herr Brettschneider an der Reihe. Problemlos gelangten er und sein Apfelschimmel ans andere Ufer. Michelangelo und Salambo setzten sich gleichzeitig in Bewegung. In der Mitte blieb Michelangelo stehen und begann mit einem Vorderhuf im Wasser zu plantschen.

„Hey, du bist kein Fisch!“, rief Nele und trieb ihn mit Schenkeldruck weiter. Nun ritt die Gruppe mit Lancelot an der Spitze eine Weile am Bach entlang. Anschließend bogen sie auf einen Pfad ab, der ziemlich dicht bewachsen war.

„Ist das überhaupt ein Reitweg?“, fragte Herr Brettschneider.

„Keine Ahnung“, erwiderte Ludwig. „Auf jeden Fall ist es eine Abkürzung.“

„Hoffentlich“, sagte Hannah leise zu Nele, die vor ihr ritt.

Das Gestrüpp, das den Weg fast unpassierbar machte, war für Pferd und Reiter nicht besonders angenehm. Die Tiere bewegten sich im Schneckentempo. Zudem wurde der Himmel immer dunkler. Und schließlich fing es an zu regnen. Das leichte Nieseln ging schnell in einen heftigen Schauer über. Alle Reiter trugen regenfeste Kleidung, aber das war nur ein schwacher Trost.

Als der Weg auf einer kleinen Lichtung einen anderen kreuzte, hielt Ludwig seinen Lancelot an. Im Halbkreis versammelten sich die anderen Reiter um ihn herum.

„Jetzt nach links“, sagte Ludwig. „Oder nach rechts. Kennt sich jemand von euch hier aus?“

„Hol doch mal die Karte raus“, sagte Herr Brettschneider, worauf Ludwig verdattert die Augen aufriss.

„Ich?“ Seine Stimme überschlug sich fast. „Warum sollte ich die Karte haben?“

„Moment mal!“ Herr Brettschneider durchbohrte ihn mit einem eisigen Blick. „In der Reithalle hast du doch gesagt, dass Herr Hülsenbrinck die Karten verteilt. Und dann bist du verschwunden.“

„Ja, nach draußen zu meinem Pferd“, sagte Ludwig. „Ich dachte, Sie würden sich um die Karte kümmern.“

Herr Brettschneider schüttelte den Kopf. „Das darf doch wohl nicht wahr sein!“, regte er sich auf. „Wir stecken hier mitten im Wald fest, werden klatschnass und haben keine Karte dabei?“

„Bloß keine Panik!“, versuchte Ludwig ihn zu beruhigen. „Ich glaube, wir müssen nach links. Ja, genau, jetzt erkenne ich es wieder. Los, alle mir nach!“

Lancelot setzte sich wieder an die Spitze der Gruppe. Schweigend ritten sie weiter. Nele fiel auf, dass Marie und Sonja immer wieder verzagte Blicke wechselten. Um sie etwas aufzumuntern, sagte sie: „Ihr habt wirklich schöne Ponys!“

„Und schön nass sind sie auch!“, sagte Marie niedergeschlagen. „So eine blöde Gruppe! Wären wir nicht mit euch geritten, hätten wir uns nicht verirrt."

„Erstens war es deine Idee, zur Biberburg zu reiten", erinnerte Nele sie. „Und zweitens haben wir uns nicht verirrt."

Doch, das hatten sie. Es gab noch zwei weitere Weggabelungen, bei denen Ludwig sich jeweils für den linken Weg entschied. Mittlerweile waren sie schon fast eine Dreiviertelstunde unterwegs, seit sie den Reitweg verlassen hatten. Immerhin regnete es nicht mehr ganz so stark.

„Oh nein!", tönte plötzlich Ludwigs Stimme durch den Wald. „Wir sind wieder am Bach!"

„Und da ist ja auch die Biberburg!", rief Marie.

Beim Näherkommen musste sie allerdings gestehen: „Aber das ist eine ganz andere Burg als die, die ich kenne. Die hier ist viel höher."

„Und wegen so einer blöden Ansammlung von Holzstücken haben wir vorhin unseren Weg verlassen?", meckerte Ludwig sie an. „Na super! Jetzt können wir im Kreis reiten, bis wir alle verhungert sind!"

„Blödsinn!", sagte Hannah. „Wir haben genug Proviant dabei. Und ein Handy habe ich auch."

„Ich auch", hauchte Marie, der Ludwigs Wutausbruch die Tränen in die Augen getrieben hatte.

„Wir alle haben Handys", sagte Ludwig. „Aber wenn wir Herrn Knaupp oder Herrn Hülsenbrinck anrufen, können wir den Wanderritt vergessen."

„Wieso?“, fragte Nele.

„Das stand doch auf dem Plakat“, sagte er. „Wer unterwegs Mist baut, wird sofort zurück zum Hof geschickt. Und wir haben Riesenmist gebaut! Nie im Leben hätten wir den Reitweg verlassen sollen. Vor allem nicht ohne Karte.“

„Ist ja gut!“, mischte sich Herr Brettschneider ein. „Gegenseitige Vorwürfe bringen uns nicht weiter. Wen könnten wir denn sonst anrufen, der uns hier raushelfen könnte?“

„Meinen Papa“, sagte Sonja.

„Und wie soll der hierher kommen?“, fragte Ludwig. „Mit dem Auto? Es sollte jemand sein, der ein Pferd hat.“

„Alle Reiter, die ich kenne, machen beim Wanderritt mit“, sagte Hannah.

„Nein, nicht alle!“, widersprach Nele. „Was ist mit Melissa?“

„Melissa?“ Hannah zeigte ihrer Freundin einen Vogel. „Bist du wahnsinnig? Wenn die hört, dass wir Hilfe brauchen, lacht die sich bloß kaputt.“

„Wetten nicht?“

„Außerdem kennen wir ihre Telefonnummer nicht“, gab Hannah zu bedenken.

„Und wozu gibt es die Auskunft?“ Nele zückte ihr Handy und rief die Auskunft an. Die verband sie mit Melissa. Neles Herz klopfte bis zum Hals, als sie das Tuten hörte.

„Ja?“

Melissas Vater war am Apparat.

„Hallo, hier ist Nele. Sie wissen schon, das Mädchen, das letzte Woche –“

„Natürlich weiß ich, wer du bist. Möchtest du mit Melissa sprechen?“

„Spricht sie denn noch mit mir?“, fragte Nele zurück.

Er lachte. „Das werden wir gleich sehen.“

Nachdem er seine Tochter gerufen hatte, verabschiedete er sich von Nele.

„Hallo, hier ist Melissa. Wer ist dran?“

„Nele.“

Schweigen. Nele hob den Blick von Michelangelos Ohrenspitzen, die sie die ganze Zeit angestarrt hatte, und stellte fest, dass die anderen Reiter sie neugierig musterten. Wenn Melissa jetzt auflegen würde, wäre die Enttäuschung bestimmt riesengroß.

„Ja, also, wir brauchen deine Hilfe“, fing Nele zaghaft an.

„Wobei?“

„Wir haben uns verirrt. Im Wald. Hannah und ich und noch vier Leute. Heute ist nämlich unser Wanderritt.“

„Bei diesem grauenhaften Wetter?“

„Du hast doch mal gesagt, dass du dich echt gut auskennst in den Wäldern. Weißt du, wo die Biberburg ist?“

„Es gibt zwei“, sagte Melissa. „Eine ziemlich hohe und eine flachere.“

„Wir sind an der höheren. Kannst du herkommen und uns zum Waldspielplatz bringen?“

„Warum sollte ich?“

„Weil du ein nettes Mädchen bist“, sagte Nele – und biss sich sofort auf die Zunge. Melissa hatte einfach aufgelegt.

„Und?“, fragte Hannah.

„Nichts und!“, schnaubte Nele. „Sie kommt. Oder auch nicht. Keine Ahnung.“

„Ruf doch noch mal an!“, drängte Ludwig.

Nele winkte ab und steckte ihr Handy ein. „Sinnlos! Lassen wir uns überraschen. Hat noch jemand eine Idee, wen wir anrufen könnten?“

Niemand meldete sich zu Wort.

„Dann würde ich vorschlagen, dass wir eine Pause einlegen“, sagte Herr Brettschneider. „Es hat gerade aufgehört zu regnen. Wir essen ein paar Happen und warten ab, ob diese Melissa hier auftaucht oder nicht.“

„Und wenn nicht?“, seufzte Sonja.

„Dann reiten wir einfach weiter am Bach entlang“, sagte der dicke Reiter und stieg von seinem Schimmel. „Irgendwo wird der schon enden. Den Wanderritt können wir dann allerdings vergessen.“

„Dann können wir ja gleich Herrn Knaupp anrufen“, sagte Ludwig.

„Der würde sich ganz schön über uns lustig machen", sagte Herr Brettschneider. „Darauf kann ich verzichten."

Einige Minuten später waren alle abgesessen und hatten ihre Pferde mit Halftern und Stricken an Baumstämme gebunden. Jeder öffnete seinen Rucksack, wühlte darin herum und förderte etwas Essbares zu Tage. Außer Herrn Brettschneider fütterten alle zunächst ihre Pferde, und zwar mit Äpfeln und Karotten.

„Mein Schimmel ist auf Diät", behauptete Herr Brettschneider kauend. „Im Gegensatz zu mir."

Hannah und Ludwig kicherten, während Marie und Sonja kein bisschen zum Lachen zu Mute war. Nele auch nicht. So ein Mist, dass ihr dieser Satz schon wieder herausgerutscht war! Warum hatte sie nicht was ganz anderes gesagt? Oder einfach die Klappe gehalten? Warum hatte sie Melissa schon wieder erzählt, dass sie ein nettes Mädchen war?

Sie fischte einen Schokoriegel aus ihrem Rucksack und riss das Papier ab. Ehe sie hineinbiss, entfernte sie sich etwa zwanzig Meter von den anderen Reitern. Ludwig hatte wieder angefangen, mit Marie und Sonja zu streiten. Herr Brettschneider versuchte vergeblich, ihn zu beruhigen. Nele konnte Ludwigs Gemecker nicht mehr hören.

Der Schokoriegel schmeckte ihr nicht so gut wie sonst, aber das war auch kein Wunder. In so einer dämlichen Situation hatte sie sich noch nie befunden. Immerhin konnte sie sich jetzt nicht mehr darüber beklagen, dass der Wanderritt zu langweilig wäre. Am spannendsten war für Nele die Frage, ob Melissa sie im Stich lassen würde oder nicht.

„Und?", fragte Hannah, die sich ebenfalls von den anderen abgeseilt hatte. „Wird sie kommen?"

Nele zuckte die Schultern. „Ich bin keine Hellseherin."

„Selbst wenn sie tatsächlich losreitet, heißt das noch lange nicht, dass sie uns auch finden wird."

„Sie kennt beide Biberburgen", sagte Nele. „Wenn sie es will, dann findet sie uns auch."

„Will sie es denn?"

„Woher soll ich das wissen?"

Sie kehrten zu den anderen Reitern zurück. Ludwig hatte sich schmollend zurückgezogen. Er hockte auf einem nassen, glitschigen Baumstumpf und starrte mit finsterer Miene vor sich hin. Marie und Sonja tuschelten miteinander. Herr Brettschneider schraubte gerade den Deckel von einem riesigen Würstchenglas ab.

„Wie lange sollen wir denn warten?", fragte er Nele.

Bevor sie antworten konnte, sagte Ludwig: „Noch höchstens zehn Minuten, dann hau ich ab."

„Wohin denn?", spottete Hannah. „Ich hoffe, in deinem Zimmer hast du dich noch nie verlaufen. Meintest du nicht eben, da würdest du dich genauso gut auskennen wie hier im Wald?"

Ludwig verdrehte genervt die Augen, stand auf und schlenderte mit gesenktem Kopf am Bach entlang.

Wahrscheinlich ärgerte er sich maßlos darüber, dass er so großartig mit seinen Ortskenntnissen geprahlt und sich dann doch verirrt hatte.

Weil Marie und Sonja so geknickt wirkten, verwickelten Nele und Hannah sie in ein Gespräch über ihre Ponys. Die beiden Mädchen lebten richtig auf, als sie erzählten, was sie mit Samson und Bridella schon alles erlebt hatten.

Schließlich kam Ludwig wieder zurück und zeigte auf seine Uhr. „Die zehn Minuten sind um. Ich bin jetzt weg."

„Stimmt ja gar nicht", sagte Hannah. „Du bist doch noch da. Und außerdem –"

„Pscht!", befahl Herr Brettschneider. „Ich höre was."

Alle spitzten die Ohren und lauschten. Was war das für ein Knacken? Stammte das von einem Reh? Oder flitzte ein Kaninchen durchs Gebüsch?

Nein, jetzt war auch ein Schnauben zu hören.

„Huhu!", rief Melissa. „Wo seid ihr?"

„Sie hat uns gefunden!", jubelte Marie und fiel ihrer Freundin um den Hals.

Und da tauchte auch schon Amalia mit Melissa im Sattel zwischen den Bäumen auf.

„Na, Gott sei Dank!", sagte Herr Brettschneider und nickte ihr lächelnd zu. „Du bist unsere Rettung!"

„Ach Quatsch!", erwiderte Melissa leicht verlegen. „Gleich da oben ist der Reitweg. Den hättet ihr auch ohne mich gefunden."

Sie vermied es, Nele und Hannah anzuschauen.

Um das eingetretene Schweigen zu beenden, machte Nele Melissa mit den beiden Mädchen und Ludwig und Herrn Brettschneider bekannt. Dann banden alle ihre Pferde los und stiegen auf.

Herr Brettschneider wandte sich Melissa zu, machte im Sattel eine schwungvolle Verbeugung und sagte: „Reitet voran, edle Dame!"

Kichernd setzte Melissa sich an die Spitze der Gruppe.

In weniger als fünf Minuten hatten sie den Reitweg erreicht. Melissa wollte sich verabschieden, aber Herr Brettschneider war dagegen.

„Das kannst du nicht machen", sagte er. „Wir müssen zur alten Wassermühle. Kennst du die zufällig?"

„Na klar!"

„Könntest du uns dorthin bringen?", fragte Nele. „Du kannst ja den ganzen Wanderritt mitmachen. Auch die Reiterspiele und den Mondscheinritt."

Zum ersten Mal an diesem Tag schaute Melissa ihr direkt ins Gesicht. Nele grinste. Melissa wollte keine Miene verziehen, musste aber dann ebenfalls grinsen.

„Na los!", sagte Hannah. „Komm mit! Wir werden bestimmt eine Menge Spaß zusammen haben."

„Okay!", stöhnte Melissa. „Wenn's sein muss … "

„Ja, das muss es!", riefen Marie und Sonja im Chor, worauf alle in lautes Gelächter ausbrachen. Am lautesten lachte Melissa.